謹以此書，

獻給我早逝的父親——張柏齡先生。

他是我心目中最偉大的慈父，恩重如山，

卻未及報答養育之恩！

推薦序

# 寫在修蓉《銀色遊踪》出版前夕

葉鴻灑

在旅行團的遊覽車上，當大家都被異國特殊的風景深深地吸引著，目光盯著窗外，對於車內導遊滔滔不絕的歷史背景介紹有一搭沒一搭地聽著的時候，總有一位優雅斯文、長髮披肩的女士，拿著一本小筆記本及一支筆，十分認真地記錄著導遊所講解的內容。當在歸國的飛機上，大家都因旅途的勞累而閉目小憩時，也只有這位女士頂著飛機上的閱讀小燈，一字一句地記錄著沿途的所見所聞及自己的感受。而在民國七十八年到民國九十年的十幾年間，在臺北市青島西路的一棟十六層建築的五樓書房中，每當晚上十一、二點，在微弱的燈光下（怕燈光太強影響家人的睡眠），也常常見到她搖著筆桿，沉思著眼前這篇文章的下一段內容。這位酷愛寫作、能寫也會寫的斯文女士，就是與我從認識到相知、相惜，至今已度過數十寒暑的摯友——修蓉。

猶記得當我們正值少年十五、六歲的年紀時，因為家庭環境的因素，我們一起考進了可以免費讀書及食宿，還有零用錢可領的新竹師範。在竹師就讀的三年中，由於她的善良、溫柔及好脾氣，很快地贏得全班同學的友誼；而她在文學及繪畫方面的天分，也隨即獲得了國文老師及班導師王漢瓊先生的特別欣賞（因為王老師本身就是一位名作家），成為我們懿風班有名的才女（懿風是當年我們班的班名）。每當有作文比賽的時候，我們班上的代表非她莫屬。而當時的我，因為在班上的座號和她只差兩號（我三十八號、她四十一號），睡覺、吃飯都經常在一起；加上家世背景類似，所以她總是像個姐姐似地對我特別照顧（那時的我矮小瘦弱又性情古怪）。她有位極為疼愛她的慈父，令我十分羨慕。因此，放假的日子經常請我到她家去，同享她父母的噓寒問暖，使孤獨的我感到無比的溫馨，也奠定了我們之間似姐妹般深厚的情誼。

師範畢業後，她很快地找到了她的白馬王子——張震大哥。張大哥也是一位文筆非凡的作家，當時擔任記者的工作。張大哥非常疼愛修蓉，也深知修蓉不但有寫作才華，更希望能在國學上更上層樓，繼續深造。因此，在教師服務四年後，積極督促修蓉報考大學國文系，而修蓉也未讓張大哥失望，順利地考上了師範大學國文系。後來又繼續進入政治大學中文研究所攻讀碩士及博士，在民國七十年順利地獲得了國學研究的最高學位——國家文學博士，奠定了她在文學寫作上的深厚基礎。在她考大學之前，已經擁有了一對極為可愛的兒女，為了讓修蓉安心學習，張大哥分擔了大部分對兒女的照顧與教養工作。所以，至今他們夫妻的感情極佳，同學朋友們都十分羨慕！

雖然在她深造期間，因為學業上的需要，她的寫作方向偏向學術專題，也完成了極有學術價值的博士論文，但並沒有因而影響到她對遊記與散文的寫作興趣與風格。在取得國家博士學位後，她先後任教於多所學院與大學，其中以任教於國立臺北商業技術學院與文化大學時間最久。在任教期間，由於講課細膩詳實，態度和藹可親，十分受到學生的愛戴，與學生間建立了亦師亦友的良好關係。同時，由於她善於觀察周遭的風土人情、自然景色，加上時常文思泉湧，因此，一篇一篇的優美散文作品不斷地出現在《中央日報》、《聯合報》、《中華日報》、《青年日報》、《國立臺北商業技術學院校刊》等刊物上，廣受好評。又由於她熱愛旅遊，經常利用假期，或與三五好友，或與張大哥夫妻雙雙（因為有很長的時間她的一雙兒女在海外就學），或參加校內組織的海外旅遊團出遊，足跡遍及世界各地（包括歐、美、大洋洲、中國大陸……），臺灣本地的各大景點更不用說。

在每次的行程中（我一生中最快樂的幾次海外旅遊就是和她同行的），正如我前文所述，她都記錄下了行程中的點點滴滴，回來後不久，必定可以在某份刊物上見到一篇與該趟旅遊相關的文章。

數年前修蓉從教壇上圓滿地功成身退後，在兒女及張大哥的建議與襄助下，決定將多年中完成的遊記作品集結成冊，出版成書以供社會各界欣賞，也給自己的寫作生涯留下一份彌足珍貴的紀念。尋尋覓覓，終於找到了知名度夠，規模也大的時報文化出版公司願意合作出版，經過一年多的準備，這本二十餘篇精彩文章的旅遊文集即將誕生，與廣大的讀者見面。

修蓉的這本遊記，每篇都文筆流暢，清新自然，毫無刻意堆砌詞句的匠氣。讀她的文章，就好像一位你的親朋好友坐在你的身邊，娓娓地向你訴說著她的心情、她的見聞、她的喜樂，是那麼親切，那麼溫馨。想到這本如此美好的作品即將問世，為臺灣出版界注入一股清流，是多麼令人期待的事。相信將來有緣擁有這本遊記的人，一定都會視為瑰寶，常置案頭。

**（本文作者為淡江大學歷史系教授，甫退休，現旅居加拿大溫哥華）**

推薦序

# 另一種風範的遊記

郝　薇

猶記一九七六年，我和外子從臺灣來到美國，住進了史丹福大學的 Escondido Village 宿舍，這是我們到美國的第一站，當時，Escondido Village 提供的八個博士班宿舍中，竟來自七個不同的國家：除了來自臺灣的我們之外，還有英國、義大利、美國、韓國、南非、法國等國度的博士班家庭，十足地「國際化」。當年，外子在史丹福大學所獲得的獎學金僅能支付房租，而不足以餬口，然而當時，美國法律又嚴禁外國學生打工，兩相為難之下，我只得在半夜時分為《世界日報》（《聯合報》）寫作散文及兩篇中篇小說，作品連載了數月。我很清楚地記得，當時陳若曦、龍應台等當今的知名作家剛在同版出道，而那時收錄我小說的編輯就是張修蓉教授。時光荏苒，我與張教授的緣分始於我筆名「榕榕」的作品，如今我們的友誼，已逾三十寒暑。

多年以來，修蓉最吸引我的，是她那濃厚的書卷氣質，她對中國文化的執著總由筆尖散發出無窮的火花，她的作品，諸如《中唐樂府詩研究》、《漢唐貴族與才女詩歌研究》，初讀有深奧之感，但再細讀之，細緻的文筆隨著唐代樂府華麗的詩詞，牽引出多少朝代的夢幻與真實。記得一九九三年，我隨加州 Santa Clara University 的文學教授 Dr. Cook 到南開大學演講，我應用了修蓉書中的知識，介紹唐代詩歌，雖然這在修蓉書中，僅是一個小小的應用及啟蒙，卻引起全場南開大學聽眾熱烈的回響，深深驚嘆來自書中的輝煌信息，而書法大家王羲之的後代孫女王麗研女士，身為當時的邀請人，更期望我將修蓉的書推廣到中國大學國文系，慚愧的是，我因疲於事業，錯過那份美好的文學推廣之機遇，但欣慰的是，仍有些大學已吸取她書中部分精華，因為書中的輝煌信息，不是中國任何一個文學院的教科書中可以學習及領會的。

修蓉是由養父母撫養成人的，這使她的個性極為敏感，長大後的她謙稱自己是個平凡教授，並且低調地在兩所大學執教了二十八年，這個沒有名牌華服裝飾的高貴母親，用其微薄而驕傲的薪水，培養出一對傑出的兒女：兒子獲得哈佛東亞所碩士學位，後來負笈英國就讀愛丁堡大學，成為博士候選人；女兒則榮獲哥倫比亞大學音樂教育博士學位。三十年來，每當我到臺灣，總是去拜訪她，她也總熱忱地邀請我去她家作客。每次到她家中，大部分時間都見她埋首於學生試卷中，談笑之際還不忘拿出學生的優美文章與我分享，她熱愛她的學生，像上萬個學生的母親般慈祥，但卻也有顆少女心，從她的《越過那長長的吊橋》一書中可見。

修蓉，不是一個「井底之蛙」型的作家，她行萬里路去追尋及汲取其他國家的文化及歷史，目前她已博遊了三十一個國家，如今因健康欠佳，使她急於出書，因為寫書、教書，這是她一生的樂章。她的書雖未受到商業市場的眷顧，但是，愛她的朋友，愛她的學生，就是她背後的一根傲骨。我很榮幸地為修蓉執筆序言，也感謝她給了我一個機會認識了她，一個傑出的靈魂，奉獻對中國文學文化的熱愛，她傳播到多少學子的靈魂，「拋磚引玉」這四個字，恰似她這一生的心血，讀她的書會使您了解唐朝、漢朝的偉大，因為從那兩本書中，我真的更懂什麼是中國的驕傲。

旅遊，我遊賞了二十幾個國家，每個國家的歷史盛衰穿越到二十世紀的真實，也殘酷地展現到我眼前（如早期我文章中認為歐洲的聯盟〔European United〕是一個敗筆）。《銀色遊蹤》，修蓉的遊記是另一種風範，她腳底下不同的國土，竟成了新的詩篇。每個國家及城市的風景及文物在修蓉的筆尖下再度從歷史的印象中復活。讀者讀了她的遊記，可以對列國的情形有更深入的了解，絕對有助於規劃您的行程，也給您帶來更多的啟發。

**（本文作者為旅美企業家及作家）**

推薦序

# 人生瀟灑走一回

張　廷

這本書的源頭要從一位小女孩開始說起。她出身於一個不寬裕的家庭裡，養父慈祥，但養母管教嚴厲。童年的她極具好奇心，喜歡觀察周遭的一切，從大自然乃至於街坊鄰居。後來學校的圖書館成為她最喜歡的去處，書本使她的眼界大開，好似探險家發現了新大陸。她在小學任教兩年後結了婚，後來為追求更好的人生，她考上國立師範大學國文系，最後成功取得國立政治大學中文博士學位。在孩子逐漸長大、有了穩定的工作後，她終於可以一償多年來的夙願，得以翱翔四海、書寫人生了。除了學術著作以外，她出版了四本著作，包括小說類的《越過那長長的吊橋》、散文類的《河岸上的艷陽天》以及遊記類的《藍天鐘聲》、《金色遊踪》。這就是我母親的故事。

《藍天鐘聲》是母親四十多歲的旅遊作品，《金色遊踪》則是她從四十多歲到六十歲的旅遊作品。而自從親愛的母親出版《金色遊踪》以來，時光飛逝，轉眼間十餘年已過。勤於筆耕的她仍繼續發表了數十篇旅遊文章與散文，並期盼出版一本能反映銀髮族智慧的續集《銀色遊踪》。由於家境小康、物價騰貴、再加上政府大砍教職退休人員福利金，使得母親遲遲無法出續集。如今已逾七旬的母親毅然決定自行出版，為的就是希望在人生的篇章上，再寫下美好的一頁。如此執著的理想主義精神，結合了與人分享美景的胸懷，實在令人感佩。

每一年都有許多人從臺灣出發，奔向世界各地旅行，可惜的是寫成遊記並發表者幾稀。好幾次與母親同遊國外，只要路況許可，她一定會立即勤做筆記，回國後馬上沖洗照片、振筆疾書。這是母親作品的第一項特色。

母親擁有豐富的國學知識、藝術素養，因此她的文章極具文學性與藝術性，對於喜歡旅遊以及純文學的讀友來說應是好事一樁。而且在旅遊文學急遽商業化的今天，多一本具有清新氣息的文學性與藝術性遊記，對於提倡文化多樣性的臺灣，也算是福音吧！這是母親作品的第二項特色。

母親寫旅遊文章時，不僅具有細膩有趣的敘事性，也融合了史學家的客觀與包容，以及地理學家的敏銳觀察性。例如對於天文學有興趣的讀友，可以詳閱〈杭州西湖觀日全食實記〉。古往今來的大師或是歷史人物往往很喜歡旅行，例如司馬遷、李白、杜甫、徐霞客、馬可波羅、赫曼赫塞，母親作品雖然不能與這些大賢相比，但我認為其境界是很高的，那就是透過旅行者的明眸，發掘出人世間的「真、善、美」。這是母親作品的第三項特色。

《銀色遊踪》的遊記內容可區分為「典雅歐洲」、「新興澳洲」、「古典神州」三部分，足跡遍布歐洲、澳洲及中國大陸各地。歐洲、中國恰好是世界兩大文化區域，都擁有豐富的人文與自然景觀。中國大陸部分包含山東、山西、中原訪古行、成都、杭州、桂林、澳門與海南島，其中尤以山西、成都（母親的出生地）、澳門（多元文化對於臺灣民眾較為陌生），可讀性很高。歐洲部分包含北歐（丹麥、挪威、芬蘭三國）、義大利，而由歐洲人後裔所建立的澳大利亞也將帶給讀友不同的震撼。其他的地區則請看母親的另兩本遊記（《藍天鐘聲》、《金色遊踪》）。最後，祝福各位讀友在穿梭於字裡行間與美麗圖片之餘，找到您的快樂天堂。

**（本文作者為本書作者之子，美國哈佛大學東亞所碩士、英國愛丁堡大學歷史博士候選人）**

# 目錄

# 典雅歐洲

# 童話世界般的丹麥

今年的父親節——八月八日，豔陽高照，酷熱難當，下午離開臺北去趕晚間八點起飛的飛機，登上飛機，才知這天的晚報頭條新聞說：「三十八．七度熱昏了！」細看小字，原來自民國十年以來有三十八．六度紀錄後，今年父親節是八十二年來最熱的一天。

午夜，到曼谷轉長程飛機飛往丹麥，經過十四個半小時綁在機座上的難熬折騰，終於在臺灣時間八月九日中午一點鐘從高空俯瞰到丹麥的國土，首都哥本哈根竟然由四百八十個島嶼構成，真令人難以置信！

由於臺灣和丹麥時差六小時，泰國和我們時差一小時，所以我們將手錶調慢七小時，我們在丹麥時間八月九日清晨七時開始漫遊哥本哈根市，當時北歐的涼風拂拂，不穿一件薄外套還真涼得受不了呢！八月初的北歐氣溫在十四度到二十二度之間，這是在南部，愈往北走愈冷，我們還經歷過九度、十度的北極圈內的寒冷氣候呢！

## 古典優雅的哥本哈根

丹麥的面積四四四七〇平方公里，為臺灣的一．二四倍，人口約五三三萬，住在首都哥本哈根的人口約六十五萬。換言之即國土比臺灣大一倍多，人口卻只有臺灣的四分之一不到。北歐五國中的丹麥、瑞典、挪威三國據今年七月份報載，已被聯合國評選為全世界文明進步最快的前三名國度。丹麥實在有其傲人之處。

九六〇年丹麥才正式有歷史。一一六七年一位名叫阿普塞羅的將軍在此建城（城中有他的銅像），原本只是為了商業貿易而設立的港口城市；丹麥文中的哥本哈根（Kobenhavn），Koben 哥本是「商人」，

丹麥首都哥本哈根市區廣場。

Havn哈根是「港口」之意，這座城市的血液裡，貿易與海洋是最純粹的基因。因此公園大門左右側有兩座雕像，一為商業之神，一為海神。我們在清晨的港口區小石磚路上舉目四望是海洋、港口、大小船隻，裝飾物往往是大鐵錨、怪獸啣燈的燈柱，古意盎然的尖塔教堂聳立在大片綠茵草地上，清新的晨露凝結在遍地小白花上，早起的喜鵲在公園自由飛翔，在草地上與人類共同散步，悠遊自在地欣賞著哥本哈根尚未完全睡醒的美景。

由於此城地理位置的優越性及防範歐洲人來襲，一四○六年丹麥國王便將首都遷來此地，哥本哈根於是有了皇宮、古堡等重要建築，一八四九年佛德烈七世建立君主立憲的制度，這位備受敬愛的君王可惜因酗酒病卒。舊皇宮裡至今尚有女王在辦公。丹麥沒有國慶日，女王的生日四月十六日就算是國慶日。我們又參觀內政部、財政部、國會等建築。丹麥的國會議員騎腳踏車上班，他們的年薪約合臺幣一二○萬至一三○萬之間，並

哥本意為商人，左為商人神像；哈根意為海港，右為海神像。

哥本哈根的運河區。

不算高；高收入者平均每個月在臺幣十萬元至十五萬元之間；再高一些的平均每個月三十萬元以上的臺幣。

未就業者平均每個月可領相當於臺幣三萬元的救濟金；若工作一年後失業者，可領四年每個月相當於臺幣四萬元的救濟金。他們的所得稅要繳百分之五十至百分之六十二之間。丹麥的兒童自出生至十八歲，每個月可領相當於

臺幣五千五百元的津貼。在丹麥住滿半年，即可享有全民醫療保險。求學期間有種種的補助辦法。父母不結婚若生了子女，身份證父親一欄填上「丹麥」國名，真的好鮮！離婚率已攀升至總人口的三分之一。

丹麥的社會福利制度早在我們民國十五至二十年間已逐漸形成。當時的社會民主黨在民國二十年提出「三個八小時制」：即八小時工作、八小時休息、八小時睡眠，獲得普遍人民的支持，這才是合理的人生嘛！哪像世界上大多數人都在整日工作、半夜加班，只剩睡眠。丹麥在我們民國四十五年開始經濟起飛，農業以小麥、大麥、黑麥、油菜、甜菜、玉米、馬鈴薯、養豬業為大宗；工業以造船、造風車發電、醫藥用品、食品加工、暖氣、天窗、傢俱、造火車頭、車廂以及最上等的瓷器和聖誕樹出口等等為主。

值得注意的是他們愛惜土地資源，每種三年，荒地一年，讓土地休息。他們為使人民享受清新的空氣，便在私家車的使用上抽重稅達百分之三百，以價制量。政府鼓勵人民騎自行車或搭乘公共汽車上下班。因此市區汽車少，空氣新鮮，行人安全。自來水更是純淨無比，北歐的四國：丹麥、瑞典、挪威、芬蘭，只要打開自來水水龍頭都可飲用，即使你在廁所洗手間，也可打開自來水水龍頭暢飲生水，保證不生病呢！

## 小美人魚雕像

哥本哈根港口邊的岩石上，浪花飛濺，輕輕拍打著一座美人魚雕像，她的美麗裸體的坐姿，優雅無比。此像建於一九一三年，由釀酒家卡爾·雅各森出資所鑄，雕塑家以外貌美麗出眾的妻子，也是芭蕾舞蹈家的艾倫·普萊斯為模特兒（她也曾扮演人魚公主），塑成此尊世界馳名的小美人魚像（大約只有真人的百分之八十大）。由於這尊像太有名了，也太美了，到哥本哈根若不與小美人魚合影，似乎是白來一趟了，所以我們在此欣賞並等待拍照良久，當時穿梭不停的遊客和清新的海風、翻滾的浪花聲，構成一幅永恆的回憶圖畫。

可惜這尊美人魚像命運十分坎坷，在一九六五年曾被人砍了頭，之後又被砍斷手臂，如今所見是修復後之景象。是誰會如此憎惡美麗？是誰會下此毒手？人間世

哥本哈根著名的雕塑美人魚。

事真是黑白分明、善惡兩極，難怪上帝要與撒旦永遠交戰下去。想到這裡，再看看安徒生童話故事中的美人魚，就愈發感受到那尊塑像的美麗與哀愁，它使童話裡的美人魚復活了，雖然雕塑家沒有為她塑成長魚尾的美女，但她那雙豐潤又修長的芭蕾舞者的美腿與優雅的坐姿，的確是一般模特兒無法超越的。這位美女以最優美哀怨的姿態坐在一塊岩石上，成為哥本哈根的地標，也與安徒生童話故事結合而永垂不朽了！

## 安徒生像與蒂佛里遊樂園

記憶中我童年時代接觸到第一本兒童讀物就是《安徒生童話故事集》，其中一篇〈賣火柴的女孩〉曾使我為故事中的小女孩悲傷了很久很久……因此這本書的作者成為我童年與少年時代最崇拜的偉大作家。

想不到北歐之旅第一個所到的國家——丹麥，正是為兒童寫了一百五十多篇揚名世界的童話故事之王安徒生的成長國土。漢斯・克利斯強・安徒生出生於一八〇五年，十五歲以前一直住在奧丹斯。後來隨貧窮的父親移居到哥本哈根，由於他的天才與努力的結合，逐漸成為一位世界知名的童話作家，他為全世界兒童說故事，每一個故事都緊緊地扣著小小讀者的心靈，並且教導孩子們要有豐富的想像力、凜冽的正義感與仁慈博愛又好奇的心。

除了創作童話之外，他也留下了遊記、版畫、壓花等創作作品，可惜我無緣一見。他的巨大銅像塑成坐姿：右手拿一本書，左手拿一長筒形卷軸，頭戴高筒帽，身穿長禮服，昂首側面朝向天空，彷佛在思索什麼？尋找什麼？啊！對了，是不是在欣賞對街的「蒂佛里遊樂園」？聆聽孩子們的歡笑聲，甚至實現了中年人、老年人的未竟夢想？

哥本哈根產生了世界上第一位偉大的童話家，哥本哈根的人民也為紀念他，實現他創造夢想、熱愛孩子的心靈，而修建了一座舉世無雙的大型遊樂園，而且在市區熱鬧繁華的廣場前，在這座遊樂園裡充滿了歡笑，無分老少，人人都迷戀在這美夢成真的童話世界裡。哦！我知道安徒生像坐在蒂佛里遊樂園對街在做什麼了，原來他正在側耳傾聽遊樂園的歡樂聲，雖然今年（二〇〇三年）距他出生時已過了

哥本哈根最偉大的童話作家安徒生銅像。

一九八年了，這是文學作品最偉大的貢獻，因為他獻出了自己心中的最深沉、最廣博的真、善、美的理想世界，丹麥人也成全了他的心願。

「蒂佛里遊樂園」位於市區中心，園內有花圃、林木、噴泉、各式各樣美麗的餐廳、咖啡座。有碧綠的大池塘，垂柳在夕陽下搖曳著金絲，一艘彩色繽紛的古代船隻泊靠在池塘邊。有中國塔及中式餐廳，並且還有小小的長城呢！孩子們可乘坐小火車、摩天輪，年輕人勇於嘗試自由落體，當他們自高空瞬間落下時，此時下面的觀眾群聚的驚叫聲比上面的年輕人的尖叫聲還要震撼人心！音樂臺上有樂團演奏；中國式建築的舞臺上表演著芭蕾舞；由十歲左右的兒童扮演著國王、皇后乘坐小馬車，儀隊行列與真實的大人世界模式一樣，他們繞場遊行，小國王、小皇后向人頻頻揮手，扮演得有模有樣，一絲不苟。夜晚這裡有十一萬個彩燈同時綻放，美得令人目眩神迷。

這兒是個歡樂天堂，老少咸宜，若是時間充裕，我們一定會去花園間喝杯香濃的熱咖啡；但此時此刻，為逛完全園，外子只好請我們享受一份特大號冰淇淋，邊走邊看邊吃，可真會把握光陰呢！

## 皇宮與古堡

此行我們參觀了兩座皇宮，一座為十二世紀建築，一座新皇宮為十七世紀建築。現任的丹麥女王的第二王子娶的是香港小姐，氣質出眾，女王非常欣賞她，二王子與香港小姐一見鍾情，結為夫婦，足見女王家族有開闊的胸襟。女王的夫婿是法國人，自認在此沒地位，不如兒子受重視，一氣之下回法國去了。

歌劇院豪華無比，聽說價值約合三十五億臺幣，可見其內部的設備一定是特超級的美好，可惜只路過，未能進去看一齣歌劇。

我們住在哥本哈根機場對面的五星級希爾頓旅館，原以為有噪音，想不到因隔音設備一流，寧靜無比，落地厚玻璃窗面向汪洋大海，清晨兩三點之間，我起床如廁，卻無意間看見從海面初升的日出奇景，特地拿起相機拍張北歐八月十日的日出作為紀念。北歐夏天晝長夜短，如果在六月二十一日至二十三日來到北歐，將看到日不落國奇景，在挪威的北角可欣賞到午夜十二點鐘的太陽。日不落國北歐只有三國，即挪威、瑞典、芬蘭。北歐會慶祝「仲夏夜節」。到了十二月二十三日，全天是黑夜，他們又慶祝「露西亞節」，屆時每人手中點燃一支蠟燭，在大雪紛飛的聖誕夜前夕，

將是何等奇景！

丹麥王室一千年未曾中斷，我們參觀了十五世紀佛德烈二世修築的城堡，名「佛德烈堡」，又名「水晶宮」，它的地位有如我們的故宮。城堡內充滿古意盎然的陳設與布置，歷代國王、王后的畫像、著名的油畫、雕塑、傢俱、壁畫、奢華的水晶燈、美麗的窗景，令人視覺上有無限的驚嘆與享受之感。值得一提的是：我們發現其中一廳掛著一幅中年時代的安徒生像（油畫）、一尊二十世紀哲學家齊克果的雕像。足見此二人對全世界的影響力之大，及其受丹麥皇室敬重之深。在古堡中導遊在一個角落裡指著地板上一方形痕跡說，這是克里生四世時，皇宮裡創建的世界第一部升降機，內有椅子，國王坐其上，有音樂師演奏著，用繩子將國王由祕室拉升起來，會見賓客。這是現代電梯的始祖吧？充滿了創造的天才與奇想，令人敬佩不已。

古堡內（其實就是古皇宮）有一位天文學家名叫第谷，懂星象，某次與人決鬥，鼻子不幸被人削掉了，竟自己整容，修補上一個銀製鼻子。此人由於對天文學之貢獻頗大，他的雕像也佇立於古堡中，後人依然為他補上一個銀鼻子，丹麥人的幽默令人不禁莞爾一笑。

丹麥另一個古堡名叫「克倫波堡」，又名「角堡」（有五個角）、「王冠堡」、「克倫堡」以及「哈姆雷特堡」。莎士比亞的名劇「王子復仇記」即以此堡為故事背景，故事震撼人心，幾乎無人不曉，但來到此城堡，方知莎翁終其一生未曾親臨此堡，然而此城堡因莎翁名劇更為有名，一進城堡內就可見到莎士比亞頭像及說明文字。

克倫波堡與瑞典隔海峽相望，距離相當近，從丹麥赫爾辛格乘渡輪二十五分鐘，即可到瑞典的赫爾辛堡。古代克倫波堡應極具戰略價值。古堡建於七百多年前，有寬廣的護城河，四周風景甚為幽麗。館內多絲織畫，以國王、王后的歷史畫居多，絲織畫頗費工夫，價值連城。古堡內四方型的廣

克倫波城堡是莎翁《王子復仇記》中的故事背景。

場上有丹麥女青年樂隊表演，每年夏天這兒常有戲劇表演，我們隨團旅行，行程匆匆，哪能悠閒地看戲呢?因此只有來此一遊，攝影留念。

總之，北歐四國之旅，第一個國家就像我兒童時代的夢想成真，安徒生使這個國家成為孩子們的天堂，也是中老年人的理想國，甚至連我們偶一來訪的遠方旅客都直覺地感受到那份寧靜、舒適、自由、逍遙、無壓力的人生，真令人欽羨不已，此後又遊挪威、芬蘭、瑞典，這種高水準的理想國愈看愈令人嚮往，愈看愈令人留連忘返，因為北歐已實現了中國大詩人陶淵明的夢想——自由、和平、寧靜、不必擔心生、老、病、死的理想國度。

哥本哈根的衛兵交接。

## 雄奇壯麗的挪威風光

遊完丹麥首都哥本哈根後，又參觀了較遠的與瑞典隔海相望的「克倫波城堡」，此城堡又名「哈姆雷特堡」，是莎士比亞名劇「王子復仇記」故事的發生地，此城堡莎翁並未來過，可是偉大的文學家卻在筆下生動地描繪出感人的故事，撼人心弦，而使此古堡永遠留名。

下午乘遊覽車趕了二八〇公里的路程，車程三個小時又二十分鐘來到瑞典第二大城「哥特堡」。這晚住宿於哥特堡，並無參觀活動，我們的行程安排只是過夜，目的地是前往挪威的首都奧斯陸。

在往哥特堡途中，沿途有美麗的農莊，田中小麥正值收割期，一球球切割後綑紮好的麥稈子，有的呈圓筒形、有的呈長方形，點綴在金色的麥田間，與碧藍的天空相輝映，真是光彩亮麗。有如梵谷畫般的強烈色彩散布於其間的房舍，有以蘆葦草做屋頂的，有以紅瓦、黑瓦做屋頂的，尖形屋頂向兩側傾斜度大，以便冬日大雪紛飛時讓過多的雪花下滑，避免壓垮屋頂。成群的牛、羊、馬悠悠然地啃吃青草，清

我們腳下的白線是挪威（左）和瑞典（右）的國界。

澈的河水潺潺而流，大自然美得如詩如畫，令人愉悅非常！

經過瑞典第二大城哥特堡之後，途中見一座雄偉堅固的大橋，橋下河水甚深，橋中央劃一條白線，那就是瑞典與挪威的國界線，我們特地下車，在這兩國界線上一隻腳踏在瑞典領土上，另一隻腳踏在挪威領土上拍照留念。此處國防重地竟沒人站崗，沒人檢查護照，兩國好似一國，彼此信任，原來這是參加了北歐聯盟的效果，各國之間追求和平、互助合作、減少軍費，使人民生活水準提高，消弭數百年戰爭的殘酷與紛擾，歐盟實現了這個願望，使我們遠方來的遊客欽羨不已！祝福他們永保和平沒有戰爭與饑荒，也祈求上帝賜給我們永久和平幸福以及沒有戰爭陰影的理想生活。

瑞典在一五二三年建國，海軍勇猛無比，還曾和德國打仗，想征服歐洲。芬蘭在十六世紀以前臣屬於瑞典，挪威也在一八〇四年至一九〇五年之間被瑞典統治，挪威在一九〇五年正式獨立建國。瑞典人個性直，財大氣粗；挪威多高山、多峽灣、森林，可耕地僅占全國百分之三，十分貧窮。當瑞典准許挪威獨立後，行君主立憲制，挪威還請來二十多歲的丹麥人卡爾當君王，卡爾當時新婚，才生下兒子艾拉夫（後為艾拉夫七世），在他執政期間，挪威由貧變富，目前的國王為卡爾・艾拉夫十七世。一九七二年挪威開採北海油田成功，石油為該國帶來極大的財富，此石油基金完全用在人民社會福利上，人民生活水準大幅提升，政府也開始發展觀光事業。北歐四國：丹麥、挪威、瑞典、芬蘭我們旅遊過後，大家覺得最美、最神奇的國家還是挪威！

挪威面積為三二四二二〇平方公里，為臺灣的十倍；全國總人口五一〇萬，為臺灣的四分之一不到。如今挪威國民年平均收入為

奧斯陸的國家議會廳。

三二〇〇〇餘美元，臺灣國民年平均收入為一三一六七美元，看來我們還是得急起直追呢！

挪威、瑞典、芬蘭同在斯堪地那威亞半島上，但挪威與瑞典之間有綿延不絕的高山，長達二四六九公里，成為天然屏障。挪威緯度居於北緯五十五度到七十一度之間，國土長一九〇〇公里，寬五〇〇到七〇〇公里，北部已深入北極圈，最北的陸地名叫「北角」。這狹長的國家挪威（Norway），它的原意即「通往北方之路」。首都奧斯陸在南方，是個三面環海的美麗都市，全國大多數人口集中在南部。

挪威的造船、冶鐵、紡織工業、捕漁業加上北海布倫特的石油產量，使他們成為全世界排名前幾名的富有國家，否則這個多高山、多峽灣、多森林而可耕地僅占百分之三的國家是很難由貧致富的。

挪威在捕鯨時代開始拋射性的矛，漁業發達。他們的漁獲量太豐富了，我們幾乎每餐吃魚（早餐也有魚），鮭魚、鯖魚、鱈魚、大章魚、北極蝦、蟹，生鮮的、蒸煮的、醃製的，豐富無比。或許魚蝦蛤蟹太多了，挪威人特別愛吃豬肉、牛肉、雞肉，更愛喝啤酒呢！

## 奧斯陸的人生雕刻公園

挪威的首都奧斯陸是一個三面環海的都市，市內的一、兩百年古屋多得處處皆是，新式大樓也配合古蹟，品味高尚，風格優雅。市區內幾乎到處可以看海景，港口清潔得令人想來個黃昏散步；小快艇、小帆船多得數不清，桅桿林立，構成奇異的都市景觀。

奧斯陸的人生公園由古斯塔夫．維吉蘭設計，中央是他的雕像。

市區內房屋多，即使古屋也造型可愛，鮮麗如新。林木多、花卉多。家家戶戶房屋重採光，窗子多，小陽臺更多。尤其重視市容整體之美，窗戶的遮雨蓬都呈半弧形，而且以藍色居多，似乎和碧海藍天在配色，小陽臺上栽種著各類花卉，色彩鮮豔奪目，為每棟房屋增添蓬勃生氣，與市區內高大的樹木互為呼應，奧斯陸之美真是世界級的第一流城市，這種評語應不誇大。

我們行程的重點是參觀一座舉世無雙的公園，它的題材是描繪人生，由兒童的天真活潑到青春時代的愛情與幻想、年輕人的戀情到組織家庭擁有新生嬰兒、父母之愛、人生的重擔、年老人的慈愛與寬容。每尊雕刻都生動異常，有一人一尊的、有數人一尊的，最多的是主題雕刻：由幾十人或上百人相擁交織成一根高大的圓柱子。

作者是才華洋溢的雕刻家古斯塔夫．維吉蘭（一八六九－一九四三年），他的銅像佇立在公園一進大門內的紀念品販售處前方。他花了七年功夫，為奧斯陸創造了這座北歐最具藝術氣息、最教人難忘奧斯陸的人生雕刻公園。自一九二六年開始打造，至一九三三年完工。這座公園便以雕刻家之名命名為「維吉蘭的人生雕刻公

奧斯陸的人生公園最繁複的雕塑高柱。

園」，相信維吉蘭使奧斯陸成為永恆的藝術之都；而奧斯陸人民也識拔天才，讓維吉蘭的藝術才華發揮到極限。公園內共有一九二尊石雕，六五〇個人像。他們既以「人的一生」為主題，故而令人感動莫名，那些雕像個個是動態的，栩栩如生的，有喜怒哀樂表情的，也彷彿就是你或我的人生某一時刻，真的令人驚心動魄，完全被這座公園震懾住了，當時彷彿可以聽到自己心跳的聲音呢！

配合這些人生百態的露天雕塑的公園，占地極為遼闊，有參天巨木，有碧草如茵，有河流，有石橋，有各色各樣的玫瑰，花朵纍纍，群芳競豔，花圃之大也是超乎我們的想像；綠茵蓊鬱亦如森林之原始美，毫無雕鑿痕跡。此外地磚的拼圖，石階之美觀整潔，噴泉的人體特異造型，都一再令人驚嘆！藝術家雕刻的奇妙工夫幾乎與大自然融合為一了！

這座公園您不可不看，至少這一生中您總得抽空去震撼一次！

## 奧斯陸的維京船博物館

挪威因峽灣多、交通阻隔，古代帝王建國也比瑞典、丹麥遲一、兩百年，在九世紀才有國王建國，真正出名是十一到十四世紀。九到十一世紀稱「維京世紀」，當時沒有法律約束，人民以捕魚為生，整個歐洲在封建制度初期，政府也無法解決人民一切問題，此時捕魚的人民為求生存，逐漸變成海盜，「維京人」的原意即為「峽灣區人民」之意。挪威此期國力最強，他們的貴族開始移民冰島，因此挪威人是冰島人的祖先。

奧斯陸的「維京船博物館」是一棟挑高的建築，裡面靜靜地陳列著三艘古代的維京船，似乎向人們訴說著古老的維京海盜故事。

維京船的船頭高高翹起。

其中一艘名叫「奧賽柏格」號（Oseberg）的維京海盜船，發掘於一九〇四年的夏天，位於史拉根的奧斯柏格農場。原來此船用來作為陪葬用品（即船葬，當墓室用），除於船中埋葬死者外，在船艙中埋藏著許多當初維京人到海外掠奪的戰利品，包括珠寶、木製傢俱、紡織品、雪橇、床及文具用品等等，其中尤以文具的發現也打破世人對古維京人是野蠻民族的觀念。船身精緻的雕刻更令人刮目相看。船首呈龍頭形，從船頭正面看船身的結構，那高高翹起，逐漸擴大的弧形真是極美的船身造型，極具藝術感，是任何野蠻民族的小船或獨木舟所無法媲美的。

第二艘名叫「哥斯塔」號（Gokstad）的維京船，發掘於一八八〇年，位於現今桑德福的哥斯塔農場，也是陪葬品，特色是船不大，但很高，曾做複製品於一八九三年成功地橫渡大西洋，實用性比「奧賽柏格」號更佳。

第三艘名叫「騰」（Tune），發現於奧斯陸東邊的矮豪根農場。此船最寬處四．三五公尺，長度近二十公尺，用橡木製造。一八六七年發掘，不知是否作為陪葬品，因為證據不足。在此博物館中我們見識到挪威峽灣區農耕地稀少的情況下，古老的居民生存不易，只得靠山吃山，靠海吃海了。不過死者用「船葬」，倒是第一次見識到的奇聞奇事。

## 挪威的峽灣風光

挪威多大山，山高大約在一千公尺至兩千公尺之間。由於冰河時期大量冰塊在山谷之間流動、切割，造成山谷被筆直切割而下，底部呈U字形。如今海水湧入無數

峽灣，最長的峽灣深入內陸長達二一八公里，峽灣之水由來自海洋之水和高山雪融後的溪流之水匯合而成。

在暢遊著名的「松恩峽灣」和「傑蘭格峽灣」之前，我們坐了一段高山火車，由佛萊姆火車站登上鮮紅色的登山火車，從兩公尺爬升到八百多公尺，沿途的風景教人讚不絕口：「哇！快看左邊的風景！」「哇！快看右邊的風景！」我們拿著相機，忽左忽右地拍照，忙個不停！青翠的山谷、山頂的終年積雪、巨大的瀑布、潺潺的溪流、山間的小屋、永恆的磐石、雲霧的升騰，盡在眼前，真是美不勝收！當紅色火車爬升到八百多公尺高之後再換墨綠色的火車下山，下山時火車忽高忽低，上山下谷，穿過二十幾個隧道，讓我們體會到這些火車行經途中的工程是多麼鉅大與艱難，如此壯麗的高山景觀真是令人永難忘懷。

這天下午抵達一個人間仙境般的小鎮，名叫佛斯（Voss）。小鎮在群山之間的山谷裡，滿眼雲煙繚繞，湖泊既大又澄澈如鏡。小鎮有可愛的教堂，稀疏的居民住在湖濱或山坡上，下午五點鐘，只有兩家賣紀念品的商店還開著門，路上行人車輛稀少。我們急忙把行李搬進房間，拉開陽臺上的窗簾，美麗的景色立刻湧入眼簾，原來湖泊就在窗前，湖濱的草地綠油油的，想讓人去打幾個滾，然後在湖濱做個長長

挪威山區美景。

的散步，這番美景真是世間最難尋覓的，怎麼這會兒就在我們眼前？哦！太幸福了，能在這兒享受一個下午的美景，吃頓豐盛的晚餐，再散一、兩小時的步，盡情呼吸這群山麗水和毫無汙染的清芬空氣，再勞累也值得！離家萬里也值得！佛斯小鎮有登山纜車，冬季是滑雪勝地，還有湖上小飛機、小快艇呢！然而來此地的觀光客並不多，因此我更懷疑是否到了人間仙境呢！

## 暢遊世界最深的松恩峽灣

挪威多峽灣，多到挪威狹長的左側、南端、北端的陸地與挪威海（在挪威西面）、北海（在挪威之南）之交界處，形成地圖上無數的曲線，那些小曲線放大了即是峽灣，看地圖上的挪威細細長長的，像極了一片快被蟲啃噬光了的樹葉，不過這片殘葉似的國土還比臺灣大十倍呢！

最長的峽灣深入內陸二一八公里。我們乘遊輪暢遊的是其中最深的「松恩峽灣」（Sognfjord）：深四百至六百公尺，寬二至四公里不等。八月十三日清晨，我們在晨霧迷漫中依依不捨地離開深藏於高山湖泊之間的山谷中的小鎮，人間仙境的佛斯，當時雖萬般地不捨，但仍得登上遊覽車，繼續下一個行程——松恩峽灣之旅，許多遊客是慕峽灣之美名而來，我豈能偶遇一個夢幻般的小鎮便停留下來，而不繼續去探看前面未知的美境?的確，旅行家就有點像探險家呢！

松恩峽灣果然沒辜負她的盛名。我們行駛了兩個小時，白色的遊輪在大山大水之間悠悠然航行，數不清的高山，各有其特異的形狀，或線條優美、或削壁千仞、或崢獰怪異，但水深四百至六百公尺的峽灣之水是寧靜而清澈如鏡的，她溫柔得有如全世界任何女性都無法與其相比，高山巨石則剛毅得亦如全世界最勇猛的武士也無法與其相抗衡。然而這些山頂上自數萬年前奔瀉下來的冰河，卻一湧而下，切割山谷，後來又由山頂融雪，匯成涓涓細流，或形成瀑布，不停地或猛烈地沖刷、或輕淺地流……這些水終於既剛且柔地創造出峽灣地形來。如今山頂上的皚皚冰河與瀑布、涓涓細流之間，仍有變化萬千的雲霧繚繞著，彷彿只有藍天白雲在觀賞並證實這場自亙古以來便上演的戲劇：「山與水的競爭與包容」。他們有戰爭也有和平，有愛情也有仇恨……。

松恩峽灣神奇而美麗。

# 挪威的冰河區與極地風光

八月十三日的挪威之旅，似乎是十五天行程中景色最壯觀又令人驚嘆連連的一天！上午乘遊輪欣賞了足足兩小時世界最深的、由冰河時期切割而成的松恩峽灣，景色之壯觀堪稱世界之最，並且又經白雲、海鷗點綴得嫵媚到了極點。那令人震懾的美景，真教人畢生難忘。

## 乘馬車遊冰河區

再度乘坐遊覽車往下午的大景點——乘馬車去欣賞位於努德峽灣地區的伯利克斯達爾冰川。途中經過一個名叫松德鎮的夏季度假小鎮，小鎮人口不多，但房舍美麗，山影、屋影、樹影皆完全倒映於峽灣之水中，清澈的水中呈現松德鎮的迷人景致，我靠窗而坐，幾乎被那幅美景沉醉得屏息凝神像著了魔般不可自拔，再想取出相機拍照時，車卻被水邊的樹木擋住半個美麗的畫面，松德小鎮想必又像佛斯小鎮一樣令人迷戀吧？可惜車子毫不留情地往高山一路盤旋而上。

遠遠地可以看見冰原區山頂上的冰川形象，沿途的山谷長滿了豐美的青草和各色小野花，白的、黃的、淡紅的、紫藍的，可愛極了。許多自由自在的肥羊在啃吃青草，羊角短短的，像放山豬一樣，肚子胖得快貼地，怎麼看都不像羊呢！原來世上最肥胖的羊群都在這兒呢！

挪威多山、多峽灣，可耕地占全國百分之三，森林占百分之二十五，其餘多屬裸露的巨大石山或峽灣，因此水量豐沛，大山大水之美景處處皆是。但是如果政府不耗費重資修築數不清的穿山隧道，使交通暢通無阻，世人又哪能欣賞這些高山峽灣、美麗的天然冰河湖泊以及小鎮風光有如世外桃源般的美景？八月十二日我們的遊覽車曾穿過挪威最長的隧道——二十四．五公里；十三日上午又通過第二長的隧道——十六公里。其餘的大小隧道已多得無法計數了！挪威政府利用北海油田的資源，全部用於國民的衣、食、住、行種種福利方面，其大公無私的胸襟，值得我們學習和觀摩。他們不僅使山區居民生活便利，也同時吸引來一批又一批的觀光客，真是一舉兩得呀！

下午抵冰原區休息站，先享用了一頓豐盛的午餐。這家餐廳四面皆為玻璃長窗，採光明亮極了，窗外的森林彷彿向你立正敬禮，小溪的急流似乎在窗外呼喚你，鳥兒唱著歌歡迎遠方來的旅客，室內空氣新鮮得和室外一樣好。我們全團都穿上厚重的冬裝、衛生衣、毛衣、羊毛褲、呢大衣、帽子、圍巾、球鞋全部都穿戴齊全，準備乘馬車上冰原看冰川了。正要走出餐廳時，天氣瞬間變化，下起大雨來，導遊唯恐我們失望，早已提醒我們帶雨傘、穿雨衣，這些裝備都及時派上用場了。

當我們三、四人一組坐上馬車，車伕們牽馬前行，我們方知要上山的這段迂迴曲折的小路，真的是九彎十八拐，天雨泥濘，如果馬失前蹄，面前不是河谷中的瀑布或急湍，就是懸崖或傾斜度頗大的山坡，那種危險是萬分可怕的，幸好馬伕與馬之間相依為命，默契甚深，即使在山間最狹窄的彎路上，馬兒也有本事慢慢地、慢慢地轉彎，使得車上的遊客平安抵達更靠近冰原區的休息站；再上去就必須徒步攀爬四十分鐘的山路了。這四十分鐘的山路，地上全是冰河沖積的花紋鮮麗的大小石頭，比前一段泥徑要好走一些，但在大雨中限時急走可真累人。不經過千山萬水的辛勞，可真看不到巨大冰川的奇景呢！

想想臺北正在三十七、八度的高溫中，我們一行人卻在北歐挪威觀賞高山中的冰河奇景，真覺太不可思議了！巨大的冰川像河流瞬間變成了凝結不動的厚重冰塊，不分春、夏、秋、冬，永遠地凍凝成河川形，其厚其寬其長，巨大得教人瞠目結舌！

它的色彩因泥土接近處有些骯髒的灰白色，表面又呈玉潔冰清的雪白色，冰稜凹陷處又呈藍寶石般的璀璨寶藍色，冰河上窄下寬，最下端融化成綠色的冰積湖，湖面漂載著白雲似的朵朵浮冰，真是壯觀極了！

許多歐洲人穿戴特殊裝備走到冰河上去體驗大自然的奧妙神奇，遠遠望去，那一點點、一行行的小如螞蟻的黑點，正是勇敢的冰河探險隊哩！我們只能在距冰河最近處純欣賞一番罷了！當時氣溫一定在攝氏十度以下吧？因為我的手指都凍痛了。

下山時依原路先步行、再坐馬車，難忘的是馬車經過一座石橋，冰河融化後的冰水便形成一座巨大瀑布，飛濺的水花如雲如霧般地迎面籠罩過來，乘馬車、過小橋、觀飛瀑、聽怒濤，此情此景，誰能忘懷？

挪威的奇景，壯麗的冰河。

## 迷人的魯恩小鎮

又行經數小時的山路，黃昏

時分我們來到一個高山環繞、一條怒河、一個極大湖泊的山谷中小鎮，它的名字叫「魯恩」（Loen）。它的山勢極為高聳，山形怪異，愈看愈有森森然的妖怪氣息，但看白雲在山腰、山頂輕飄，卻又美麗非凡；小鎮房舍美麗，家家有花圃、瓜棚、菜圃；碧草鮮嫩無比，河水洶湧，湖泊則寧靜無聲。導遊李先生分配好房間，我們的一一二號房的白色格子窗外正是大片綠地和橫在眼前的怒河（可能與下午的大雨有關），河對岸又是高山，山邊的居民像極了陶淵明筆下的桃花源世界，看來他們永遠不習慣住繁華的大都市了。

挪威的山區旅舍實在太美了，美得如詩如畫，我們急忙享用了美味晚餐，便去河邊散步，怒河中水勢如千軍萬馬奔騰而來，卻見兩位當地居民氣定神閒地在河邊享受垂釣之樂。走到小河盡頭，發現河水注入湖泊中，喧鬧的水聲便嘎然而止，幾艘小船泊於湖濱，景色幽麗奇絕！

再繞到旅舍正前方的大道上，再度被那高大怪異巨人般的高山震懾住了，它至少有一千至兩千公尺高吧？山下有青翠的林木，山上卻是裸露的岩石，座座崢嶸怪異，毫不溫柔，雲霧時時變幻，愈看愈奇，愈看愈教人不安，怎麼一向酷愛山林的我，反而害怕這些大山呢？我想是它們的古怪造型吧？古代挪威出海盜有名，連他們的山水也令人恐懼不安呢！真是什麼樣的山水，孕育出什麼樣的人物性格來。這幾天在挪威旅遊，沿途的休息站看到的紀念品無非是厚厚的花紋毛衣、有皮鞘的各式小刀、海盜船、長著兩隻牛角的海盜帽，以及大量的山妖精靈（Troll）泥塑玩偶。這

森林中神祕的魯恩小鎮舉世無雙。

旅館窗景是綠地、怒河、高山。

些山妖精靈有大有小，大的比人高大，小的可當玩偶擺飾。他們頭上長著亂蓬蓬的頭髮，後面拖著一條長長的牛尾巴似的長尾巴，他們的雙手雙腳各有四指，每個山妖都有個又紅又長的鼻子，據說山妖們最愛吃熱粥，他們每天用長鼻子去攪拌熱粥，以至於燙紅了鼻子。山妖在黃昏和黑夜才出現，柴堆、菜園、倉庫、馬廄、牛棚甚至山洞都是他們住的地方。只要人們不去打擾他們，他們和人類關係還算友好，如果山妖發起脾氣，可是大得很呦！他們還會擔任山林裡小動物的救難工作，關於山妖的故事多不勝數，充滿童話趣味與我們的《聊齋》故事可以互相媲美呢！

挪威傳說中的森林精靈。

## 雨中遊傑蘭格峽灣

離開風景幽絕、山妖鬼魅般迷人的魯恩小鎮後，次日清晨我們前往傑蘭格峽灣，沿途下起雨來，煙雨濛濛中的挪威——高山、深谷、森林、野花、稀落的房舍、公路平順而車輛奇少的景觀，大自然生態絲毫未遭人為破壞似的，隨時可望見白雲依偎著山腰或山頂，山因白雲更添加其神祕感，白雲依戀著高山而更加嫵媚多姿。這裡，群山彷彿是男神，代表大自然陽剛之氣；白雲彷彿是女神，代表大自然陰柔之氣。雲繞著山，山戀著雲，冰川、湖泊如光如鏡，瀑布、急湍、怒河、小溪組著團在大合唱，如此這般深山幽谷，陪襯著稀稀落落的居民，真是一幅幅世界上最美麗的北歐風景畫，在這裡要當個風景畫家可能不太容易吧？

再一次乘遊輪欣賞傑蘭格峽灣時，因風雨不小，大家能站在甲板上觀景的時間更縮短些，坐在船艙裡要欣賞峽灣兩岸的高山景觀是不夠的，你僅能看山與水交會的那一部分，何況玻璃窗上又都是雨珠呢！但此峽灣瀑布特多特長，最著名的是「七姐妹瀑布」：有七條瀑布緊緊相鄰，自高山頂垂直瀉下，真是蔚為奇觀。這是傑蘭格峽灣的特色呢！

登岸時，忽見一座位於山坡上的小鎮，道路彎曲，屋舍蓋在高高低低的山坡上，彩色鮮麗的木屋，加上可愛的商店裝飾，鮮花處處，極其誘人，原來這就是傑蘭格小鎮，與此峽灣同名。細雨中散散步，饒富詩意。我們各買一件手工編織的毛衣作為挪威紀念品，因為那些花紋繁複又雅緻且特別厚實的毛衣確實不曾見過。

## 精靈道路受阻記

八月十四日下午一點整，我們要往中部大城「特倫罕」駛去，預備在該城住宿，十五日搭乘挪威國內班機飛往北極圈內第一大城「川索市」（Tromso）遊覽。

由於挪威高山巨岩、深谷、瀑布的地形占地太廣大，要越過這些崇山峻嶺，我們的遊覽車駛入著名的「精靈道路」，一路盤山而上，不久即達一千公尺以上的山區，在白雲間行駛，休息時下車往下俯瞰那曲折盤旋的山路真是又彎又長，深藍的峽灣之水像寶石般鑲嵌在山谷裡，美得難以用文字形容、或彩筆繪畫。

導遊請司機把車停在一千餘公尺的高

從精靈道路的高山上俯瞰傑蘭格峽灣。

山上，讓大家下車休息一會兒，因為這裡是俯瞰傑蘭格峽灣的最佳景點。他的話真不錯，我們幾乎都被當前雄偉壯麗的峽灣美景給震懾住了，當下每個人的相機都「喀擦」、「喀擦」響個不停，經過幾天來的相處，陌生的團員也愈來愈熟了，有時開開玩笑，熱鬧得像一家人似的。這段盤山的險路共行駛五、六個小時，中間只有一家旅館可供食宿，真的走進荒山野嶺地區了！此時雨勢愈下愈大，原本車輛極為稀少的「精靈道路」居然有十幾輛車子堵塞起來，起初我們以為山洪爆發了，那可慘了，因為退回去要兩個多小時行程才有旅館；司機們下車偵察、彼此傳話，方知前面路基尚好，只是雨勢大，急流狂瀉，把山上的枯木沖了下來，這些枯木橫七豎八地躺在公路上阻礙了交通。經過一番努力大家合力移動枯木，車子才在急流亂竄的公路上平安地一輛跟一輛開了過去，總算是有驚無險，我們未受困於山區，只是精靈公路果然像有山妖精靈般地和我們開了一個大玩笑！這一天非常辛苦，因為我們走過五百

滿是精靈裝飾的傑蘭格小鎮。

公里行程。

## 北極圈內最美麗的城市——川索市

我們在中部大城特倫罕住了一夜，並無參觀活動。次晨趕往機場搭乘挪威國內的航空飛機，飛行兩小時，抵達北極圈內第一大都市。中間曾在「博多市」停一下，以便利當地旅客登機。從飛機上俯視挪威的峽灣海岸線更是清晰而美麗，也是必須欣賞的好景觀。兩小時的飛航，晴空萬里，我們還在飛機上享受一杯熱咖啡、蛋糕和一個美味可口的冰淇淋，在高空中品嘗冰淇淋，也是平生第一次呢！現在似乎把昨天突來的暴雨、五百公里的行程、住在不知名的特倫罕郊區、不知名的小旅舍、只睡四小時不到的種種辛苦又全拋之於腦後了。只是後來方知特倫罕為挪威第三大城，在九至十三世紀作為挪威首都長達四百年之久，挪威的海盜便從那時期開始。後來因當時國王去世，皇后是丹麥人，所以將首都南遷到奧斯陸，那兒接近丹麥，奧斯陸不久便繁榮起來。當時的丹麥是最強盛的時代，丹麥王室還統治著今日的挪威和瑞典呢！所以只在特倫罕古都住一夜，什麼也沒看清楚，是萬分可惜的。

不過，美麗的川索市令我們驚豔。藍天白雲，晴空萬里，川索市被寶藍色的海峽一分為二，一座白色的長橋長達一千兩百公尺，橫跨在碧海之上，連接著這座美麗城市的交通。不過，我們卻是連人帶車乘渡輪到對岸去觀景。在抵達川索市的鬧區時，我們先享用中式午餐，各種魚類、北極蝦、肉類在中國廚師的巧妙手藝下，都極美味可口。

當天氣溫只有十六度，但由於陽光普照，空氣毫無汙染，我們覺得這座城市親切又可愛，應屬於理想國的城市吧？川索市鬧區為徒步街，短短的，但名字倒十分驚人——國王街。商店和市集都顯得人口少，許多人在街道旁曬太陽，婦女們推著娃娃車並肩散步，狀極悠閒。由於「川索大學」位於北極圈內最美的城市，因此吸

川索市被海峽一分為二。

川索市的海港步道上看山看雲。

引了兩萬六千餘名大學生來此讀書，所以此城年輕人較多。

這城市由海洋一分為二，所以有新穎的大型渡輪，它泊岸時張開鯨魚般的巨口，大小車輛便依序進入，車輛停滿後，遊客先登上二樓的船艙，或休息或購物，或觀海景，渡輪抵達彼岸前，遊客先坐回原車，等渡輪停泊好，又依序一輛輛開出去。挪威以航海揚名天下，渡輪的設計也夠水準極了！

接下來是乘登山纜車到四百多公尺高的小山上去欣賞川索市美景，這座城市由各式各樣、彩色繽紛的建築物構成。海水很藍，天空也藍，白雲停佇，不忍離去。遠近的山巒起起伏伏，最高的終年積著閃亮的冰雪，海灣沿線停泊著大小船隻，美得令人心醉，美得令人回味無窮。

# 奇妙的北極圈風光

進入北極圈的旅館裡，夜裡你會發現房間裡有暖氣了，在臺灣的炎炎夏日，北極圈早晚氣溫已是九至十度，而中午則可能升高到十六至十八度，真是奇妙的世界啊！

住在北極圈內的原住民叫做「拉普蘭人」，意即「北方居住的人民」，他們的祖先是蒙古人，由於是遊牧民族，他們追逐著麋鹿來到了北極圈。他們的生財之道是牧養麋鹿，穿著鹿皮衣服，住著鹿皮帳蓬，吃鹿肉、喝鹿奶，在雪地上行駛也由麋鹿拉著雪橇，拉普蘭人的生活中和麋鹿是相依為命的。他們的臉型輪廓與蒙古人長得極其相似，據說他們因為和異族通婚的結果，現在純種的拉普蘭人愈來愈少，北極圈內的挪威、瑞典、芬蘭三國，每個國家僅剩下二千至四千人，他們受到北歐各國特別的保護。拉普蘭人擅長製作手工藝品，富語言天才，他們的衣服只有紅、黃、綠三種顏色，原來這與北極光有關。北極光出現在漫長的冬季永夜時期，它是不定期出現的一種變幻莫測的光，這種神祕的北極光分別呈現紅、黃、綠三種顏色，拉普蘭人崇拜此光，以此三色為服飾之色彩。我們夏天去北極圈瀏覽，正值晝長夜短，北極光是絕對看不見的，只能買張畫片作為紀念。

自八月十五日起，至十八日的四天，我們都穿著厚重的冬衣，帽子、圍巾、毛衣、大衣等全部家當都從行李箱翻出來，穿在身上了，搬遷了一個星期之久的笨重行李箱總算變輕了！因為我們已置身於地球的頂端哩！

我們一面欣賞極地風光，一面隨車往北行駛，目的地是一天之內由川索市北邊的「斯德雷特」抵達「北角」，路程五百餘公里，中途用午餐則在一座小城名叫「漢默菲斯特」的山頂上。在車中所見的北極圈大地：天色陰沉，山脈低矮，山上或長滿青草，或只見一層又一層重疊的傾斜的大片岩石，像銅又像鐵般剛健的巨石山矗立著，黑黝黝的，令人產生恐懼與不安的感覺。除了山就是海，由於天色陰晦，海水也不再湛藍。灰暗的大海，寧靜的大地，人煙稀少，使人感到無邊的荒漠與淒涼。有時公路沿海而築，我們便緊緊沿著挪威海北行，窗外近在咫尺的淺海上可以看見一片片褐色的海藻漂浮在上面，猶如我們池塘裡的浮萍一般。但這種海藻一點兒也不美麗，簡直是醜陋無比。

山坡上，小溪邊長著低矮的小樹林或青草地，這兒便是麋鹿群聚的天堂。牠們體形比牛小，比羊大，長著極其美妙的鹿角，啃吃著鮮美的青草——這唯一的糧食似乎是人間美味，百吃不厭。我們坐在車中，只要有人發現鹿群便禁不住地呼喚大家共賞：「快看！又有麋鹿了！」一時之間，全團團友從十六歲到近八十歲，都興高彩烈地不分老中青三代，似乎人人都重返童年，天真可愛極了！

有時經過海灣的小漁村，欣賞著居民的房屋，他們的房屋均屬平房或兩層樓房。由於盛產木材，居民多半住木屋，房屋沿山坡面向峽灣而建，家家都有臺灣九份那種觀海窗景。每家把房屋油漆成自己喜歡的顏色：有紅屋、黃屋、藍屋、綠屋、白屋、淡黃屋、灰藍屋，爭奇鬥豔，各具巧思。家家的屋頂也值得較量一番，屋頂上的瓦片有呈四方形的、有呈長方形的。由於捕魚為生，天天接觸到各種魚類，他們的瓦片就造成魚鱗形。最具特色的要以挪威南部、中部的蘆葦屋頂，即厚密又有波浪形的屋簷，迷人極了，這使我想起莎士比亞的故鄉古老的舊居也與此相似，聽說這種屋頂冬暖夏涼，造價頗貴。到了挪威峽灣海岸北部，小村小鎮裡又多了一種新奇可愛的屋頂——長滿青草的屋頂，是人工種植的，為了保暖而創造發明的最原始暖屋，據說它的歷史已長達八千年之久了。

最宜人的是路邊的北極野花，有時是一大片一大片的小白花，有時又是一大片一大片的小紅花，或一叢叢的小黃花，有的渾圓得像個小黃球，有的長成一枝枝一串串的妖媚小黃花，美得讓人沉醉不已！北歐之旅，我拍攝了不少張專屬於「花」為主題的照片，願永保麗影，長相為伴。也採摘了四樣東西：一為八月十三日的挪威冰原之花；二為八月十七日挪威休息站路旁的小紫花；三為八月十八日的清晨芬蘭伊洛瓦湖濱旅館前的粉紅色小花；四為芬蘭首都赫爾辛基為紀念音樂家西貝流士而修建的森林公園，我摘下一片樹葉。這三朵小花和一片樹葉夾在我的日記裡，至今已成為花、葉的標本了，雖然我不知道它們的名字，但我深深記得它們的故鄉，它們成為我回憶中最富於北歐泥土氣息的一部分。

往「北角」（North Cape）去，一天要趕

漢默菲斯特山頂的小屋屋頂長草。

五百公里的路程，每行兩小時，大家就下車休息一會兒，每個人總有許多事趕著辦：買紀念品、喝杯飲料、上洗手間、欣賞風景、攝影留念、活動筋骨……每處休息站都布置得極有特色，彷彿費盡心機要吸引觀光客去消費購物，北歐四國人民收入高，物價比我們要高出好幾倍，目前丹麥、挪威、瑞典三國仍使用本國的「克朗」，只有芬蘭已開始用「歐元」了。我們去時一歐元幾乎等於臺幣四十元，真是去的時機不對，一切都漲價了。

八月十六日中午時分，我們抵達一座小城，依傍著不太高的小山，面向大海，風景淒美到極點，這小城名叫「漢默菲斯特」，人口僅一萬兩千多，此地冷如寒冬，因為已在北極圈內，北緯七十度了，再趕三、四小時的車程即可到達挪威的最北端——北角，也是全世界的最北端的一塊陸地，那兒是北緯七十一度多一點（正確的數字是：70º10'21"）。

在這冷如嚴冬的夏天裡，我們的車子直奔漢默菲斯特的一座小山頂，在那兒可以眺望整座小城，風景之壯麗與淒清的特殊景象真教人嘖嘖稱奇。山風和著海風強勁地迎面吹來，這哪兒像夏天？我們被導遊帶進一家既美麗又驚奇的山頂餐廳。房屋是木造的，厚重的木料才能承受這北極的酷寒，屋頂上種滿青草，既厚且茂密，木

造的大門關閉著，一推就開，這是為了擋風！餐廳內裝飾得太有趣了，北極熊和麋鹿製成的標本看起來栩栩如生。桌椅、樓梯全用最厚實的木材，美麗的燈飾，桌上的小盆野花，美麗的餐巾紙，都極為可愛；窗景尤美，可俯瞰全城以及具有優美線條的海港，遠處的大海和海中的幾座島嶼。如果是有陽光的日子，可以到戶外咖啡座去坐在那些用巨大原木做成的桌椅上，一面喝咖啡一面欣賞北緯七十度的極地風光呢！可惜寒風刺骨地吹來猛烈無比，為保旅途不感冒，我們依依不捨地離開這家景觀最佳的餐廳，下山去市區閒逛了四十五分鐘。

市區內建築物既美觀又優雅，環境清潔得彷彿纖塵不染（或許被北極風吹走了一切塵埃），商店則因正逢週末，大部分不營業，紀念品攤販的東西也不便宜。人跡稀少，真像一座空城，當真正的冬天來臨時，冰天雪地，零下二、三十度的氣候，人們更不願出門了，那又將是何等淒美光景？

哦！北極！妳的名字應該叫「蒼涼大地」才對吧？不久，我們離開了漢默菲斯特，往地球最北端的北角駛去。

下午我們經過北極圈內一條長達七公里的海底隧道，它的興建理由有二：一為當地居民而建；二為發展觀光事業而建。當地居民不收費，但觀光客經過要按人數統計收費，我們一輛車總共三十四人，來回兩次共收費約臺幣五萬元，其「買路錢」之高，令人咋舌。導遊怕我們不相信，立刻請一位團友李先生親自讀出收費單金額作為證明。

六點十分，我們來到一個北緯七十一度的小鎮，名字叫「哈尼斯瓦特」，人口約四千五百人。我們住進距北角最近的唯一的一家大型旅館。一排排平房，錯綜複雜地由迴廊相連接，中央是餐廳，走起來像迷宮，放下行李後我們先去吃晚餐，用完最豐盛的北角晚餐後，有人就迷了路，找不到自己的房間，也找不到集合地點。

原來從飯店到北角還有三十公里，我們必須再乘車去探訪此行一個極重要的景點。

我們遇到細雨濛濛，且又濃霧迷漫，伸手不見五指的天氣。在車窗內只見車燈與大霧頻頻打招呼，在能見度最差的情形下，我們終於抵達北角了。導遊要我們在大霧中小心行走，慎防摔跤，更要小心危欄，因為北角是一塊突出於北歐大陸的花崗岩，而且是懸崖峭壁，下面是深不可測的大海呢！

當時寒風襲人，冷得令人快要窒息了，我們立刻掏出最後的禦寒法寶——口罩，果然戴上口罩後，既可保暖又可盡情自由呼吸了。記得當時我竟穿起最保暖的羽絨

濃霧中奇妙的路標。

公路上多鮭魚標誌。

衣呢！加上臨行前好友連秀琴女士用快遞專送給我的美麗羊毛線厚帽子，自備的日本狐狸毛圍巾裝備，

我們終於踏上地球上最北方、最遙遠的地方……腳下這塊巨大的花崗岩陸地——北角了。

當時的興奮至今尚記憶猶新。

團友們緊緊地跟隨導遊，在濃霧迷漫中看見了「北角大廳」大門口兩根柱子發出暈黃的燈光，但導遊說我們先在北角的土地上參觀拍照，然後再進溫暖的北角大廳。其實參觀北角時間並不算晚，在晚上八點半至十一點之間。如果在六月二十一日至六月二十三日三天，天氣晴朗的話，可以在北角看到日不落奇景，即太陽降至海平面上時，立刻又緩緩升起，換言之，這三天是永晝，二十四小時都是白晝，沒有黑夜降臨。導遊打聽到我們去的前一天（八月十五日），天氣好，北角的太陽是晚上九點五十分下到海平面，而凌晨兩點四十六分，太陽又自海平面升起，足見夜晚已逐漸從六月二十三日以後加長，到了八月十五日，黑夜已增加到四個小時又五十六分鐘了。我們八月十六日抵達北角，僅差一天，巧遇天氣變化，細雨霏霏，濃霧迷漫，雖然什麼也看不見，但也不能不在霧中做一次探險：在迷濛中我們發現了一尊母親拉著兒子的雕塑，也看不清楚他們的表情，我們忙著拍照，即使拍得黝黑不清，總算到過北角一遊。接著又夢遊似地在霧中發現七個渾圓如錢幣的雕塑物矗立成群，比人還高，原來是從世界上挑選出七個國家，再由七個兒童畫的圖畫，雕刻放大後當兒童藝術品陳列在這裡——世界的最北盡頭。又有一座鏤空的地球儀被高高地支架起來，某些日子日升日落，太陽從這鏤空的地球儀中間露出圓圓的臉來，又是世上一大奇景呢！唉！可惜我們遇上濃霧，一切只好憑想像力，然後買畫片彌補吧！

我們繼續在霧中瞎子摸象般前進，結果發現有許多疊石祈福的紀念品留在地上。

學習拉普蘭人疊石祈福。

原來住在北極的拉普蘭人，當他們向上蒼祈福許願時，就用石塊重重堆疊，堆得愈高愈好，堆好後祈禱完畢，人就離開。許多遠來的旅客也入境隨俗，紛紛仿效一番，於是地上左一疊右一疊，小心走，可別踢翻了人家的許願石，而自己也摔一跤啊！

最後是接近懸崖峭壁，大膽地摸一下欄杆（欄杆用不銹鋼製造，非常粗壯堅固），俯視下面漆黑得看不見的深深的海水，當時心裡真的害怕，雙手凍僵，雙腿發軟，但是膽小的我終於來到地球的最頂端，北歐陸地的真正邊緣，再走一步就墜入挪威國土最北端的大海，它的名字叫「巴倫支海」，真的驚喜交加。

然後大家轉身往北角大廳摸索前行，此時大廳門口的燈光在濃霧中非常具有吸引力，不，應該是無法抵擋的魅力，我們幾乎誤認為那是充滿魔幻力的北極光呢！

走進北角大廳，先參觀玻璃櫥窗中的模型燈光展覽。原來北極是一位挪威人首先發現的，他的名字叫做「羅德阿德曼生」（一八三三—一九二七年）。北角是在一九〇七年發現的。當時一位勇敢的挪威國王曾帶著皇后由海軍官兵陪同，乘船到達巴倫支海，他們拉著繩索一個個攀岩上峭壁，萬分辛苦且不畏生死地冒險登上了北角，那時的皇后還穿著華麗的束腰蓬蓬長裙來攀岩呢！

另一位前來攀岩觀賞北角日不落美景的勇敢國王，想不到竟是來自東方的泰國國王。大家想必看過「國王與我」或「安娜與國王」的電影吧？前者是尤勃連納飾演國王，後者是周潤發飾演國王，新舊兩片我都看過。這位十九世紀勇敢又開明的國王，對西方世界非常嚮往，他曾乘泰國造的華麗船隻航行到巴倫支海，也攀岩登上北角。兩位國王冒險地登上北角，一睹世界奇景，不知他們遇到的是晴天？或雨天？或大霧天？

接著在充滿暖氣的北角大廳放映室裡，看了一場由五塊螢幕連接而成的弧形超大立體音響的電影——北角風光介紹，內容包括北角的春、夏、秋、冬互異的景色。陸地上的人類、動植物的生態；海洋中的魚類、海藻類的生態；忽而帶著觀眾乘飛機翱翔，忽而又引領觀眾下海探幽尋奇，影片僅僅二十分鐘，但令人震撼難忘。北角是個保證讓您不虛此行的地方。

# 湖泊的故鄉——芬蘭

北歐四國，除了挪威它的名字原意是：「通往北方之路」，音和義都美妙之外；還有一個國家的名字美得彷如仙女一般，那就是「芬蘭」（Finland），照中國字義將它直譯為「芬芳的蘭花」絕不為過。這個國家和地球上任何國家都不同，一如挪威多峽灣是其最大特色；而芬蘭則多湖泊，有「千湖之國」之美稱。稱「千湖之國」未免小看她了，仔細算算，芬蘭總共有十八萬七千多個大小湖泊，是全歐洲最大的湖區。芬蘭面積約三十三萬八千平方公里，比臺灣大十倍，人口大約五百萬左右，只有臺灣人口的四分之一不到。除了大小湖泊多得出奇之外，也多森林，森林占全國面積的百分之六十九，可以說是全世界空氣品質最好的國家。狹長的國土中竟有三分之一在北極圈內。

芬蘭東與俄羅斯強敵為鄰，北與挪威相連，西北部又與強敵瑞典相接，只有西南邊有波羅的海為天然屏障。如此地理位置使芬蘭在北歐吃足了苦頭，直到一九一七年才獨立建國，獨立後俄國仍用武力屢攻芬蘭。俄國曾派四十個師（大約四十多萬人），三千多輛坦克車入侵芬蘭，芬蘭僅以九個師和俄國展開叢林戰，勇敢的芬蘭人竟和敵人打了一〇五天，最終光榮地戰敗。第二次世界大戰後和俄羅斯簽訂互不侵犯條約，一九四五年加入聯合國，近年又加入歐盟（共十五個國家），國家開始富裕強盛。

原來北歐四國：丹麥、挪威、瑞典、芬蘭，前三國均屬日耳曼民族，只有芬蘭屬芬族。芬族從東歐遷徙至此，他們掠奪了拉普蘭人的土地，原住民拉普蘭人被趕到北極圈內。芬族和匈牙利人及早期的馬扎爾人有關係，這是從語言系統研究出的成果。宗教上他們崇拜精靈神話，早期並未信奉基督教。一〇五五年瑞典國王艾瑞克率領十字軍攻占芬蘭，但傳教士往往被殺害，直到十二世紀芬蘭才被基督教征服。瑞典的貴族住在芬蘭較溫暖的南方，統治芬蘭長達六百五十年之久。往後幾天的行程中，在二〇〇三年八月二十日這一天，我們參觀瑞典首都斯德哥爾摩的新皇宮，導遊孟小姐叫我們注意一尊雕塑，一個真人比例的大男人像雙腳踩在一個彷彿兩三歲大匍匐的小孩頭背上，孟小姐說：「請看，那個大男人就是瑞典人，那個小孩子就代表著芬蘭人！」大家霎時一片驚愕地叫起來：「哦！」這世界常聽人說：「某某人被某某人踩在腳底下！」原來瑞典的新皇宮裡真有這樣一件雕塑作品，看來是太寫實、太露骨了一些吧？那麼拉普蘭人怎麼辦？芬蘭人又搶走了他們的土地，把他們趕到冰冷的北極？這個世界充滿了弱肉強食，優勝劣敗的定律，一個個不同的民族要求生存發展，於是戰爭之後謀求和平；和平日久又發動戰爭，彷彿永無寧日地持續下去，愛好和平的人類在歷史的洪流中顯得多麼渺小而又無奈啊！

現代的芬蘭已成為工業大國了，他們的造船業、紙漿業極為發達，主要輸出品為金屬、機械、化學品等。他們製造的名牌手機（Nokia）、電梯，早已風行世界。自一九九〇年以來，經濟突飛猛進，芬蘭人終於揚名國際。旅遊歸國後我看了一部電影，是芬蘭片，片名為：「我很想你」，內容介紹一個芬蘭小女孩很想念她去世的父親，這小女孩脾氣像父親一樣倔強。幸而遇到一位有愛心的老師，才化解了她和瑞典校長兼導師之間的種種僵局。片中的校長兼導師是教瑞典語文課程的，她不允許芬蘭的小朋友在學校說芬蘭語，她態度的專橫傲慢和小女孩的倔強堅持，互不相讓，兩者一老一小，一尊一卑之間衝突不斷，激起觀眾內心陣陣漣漪，甚至是流下淚來。瑞典人何以輕賤芬蘭人，必須從瑞典統治芬蘭長達六百五十年歷史中去探索那潛在民族間的仇恨吧？

從小島上欣賞伊納里湖風光。

## 暢遊北極圈內第一大湖——伊納里湖

八月十七日下午我們乘遊艇暢遊芬蘭境內的第二大湖——「伊納里湖」。此湖位於北極圈內，在北緯七十度，是個高緯度的大湖，在北極圈內它應算第一大湖，面積有一三八六平方公里，住在湖區的人口僅僅七百五十人，和整個北極圈的人口七千五百多人相比，此湖區人口恰為北極圈居民的十分之一。

遊湖時只見湖面煙波浩渺，寂靜無聲（只有我們這艘船的馬達聲），湖區廣大，島嶼羅列，據說伊納里湖共有一千多個島嶼，這豈不又是一個「千島湖」？不過中國大陸介於安徽與浙江兩者之間的「千島湖」是個人工湖，為了水力發電而引水入山區，湖泊淹沒了一千餘座大山，只剩下山頂露出湖面，遠望山頂竟變成了一座座小島嶼，故稱「千島湖」。而芬蘭的伊納里湖卻是一個天然的千島湖。

我們曾在其中一個「雷神島」上岸，走過不少階梯，登高遠眺，四周有無盡的湖水與島嶼，遼闊得無涯無際，島嶼上似乎毫無人踪。但是我們猜錯了，不久，船行駛到另一座小島，十餘位外籍年輕人再度登岸，據說他們要走七公里路，步行三小時，只為了去參觀一座建於一六四七年的古教堂；然後再步行三小時回到岸邊等候遊艇來迎接；哦！不然，看他們的裝備彷彿要露營過夜，因

伊納里湖中的雷神島。

為夜間遊艇是不行駛的。遊伊納里湖時，湖面寒氣逼人，穿羽絨衣的比比皆是，最小的觀光客是躺在嬰兒車裡口中含著奶嘴的可愛娃娃，他們有的沉睡入夢，有的東張西望，小小的腦袋裡不知是做著夢呢，抑或是驚奇地想：「咦！我到了哪裡？不怕，反正有爸媽保護我！……」

## 森林浴與芬蘭浴

芬蘭的森林占全國面積的百分之六十九，車行公路上，只見兩旁全是青翠的樹林，我只能認得松樹、杉樹和白樺樹，其餘的則叫不出名字了。這個千湖之國的芬蘭也應稱作「森林之國」吧？到了這處處充滿芬多精的國度，你隨時可以在森林中走走，享受一下森林浴，讓充滿大自然美的國家在你心中寫下一行行優美的詩句吧！此外，芬蘭人發明了一種奇特的洗澡法，名叫桑拿（Sauna），英文叫做Smokesauna，字面上的翻譯是「煙燻三溫暖」。

原來芬蘭人特別愛好大自然，他們喜歡在湖光山色間親手搭建一間自己的小木屋。據說芬蘭人在建造家園時，一定先把洗三溫暖的小屋蓋好，一家人先住在裡面，等到有能力再蓋平日生活起居住的房子，足見芬蘭人多麼重視洗「芬蘭浴」。聽說真正的芬蘭浴是將水潑在用柴火燒得炙熱的石頭上，水分立刻化成陣陣氤氳的水蒸氣溢滿浴室，逐漸地高達七、八十度的水蒸氣會使人毛孔盡情舒張，汗水淋漓，享受那通體舒適的感覺；之後再用帶著樺樹葉的樺樹枝拍打全身，使全身浸透著樺樹的芳香味兒。七、八十度的高溫蒸氣對呼吸道有保健的效果，不過，這種高溫誰也沒有辦法在浴室裡待得太久，夏天熱到受不了的時候，芬蘭人便光著身體直接跳到屋外湖裡去游泳；冬天就跑到戶外雪地上去打滾，即使是零下十度也不覺得冷。（某一年芬蘭曾有冷到零下四十五度的紀錄，可見這個國家多森林、湖泊、氣候寒冷到我們想像不到的程度。）

八月十七日晚上，我們住進一家名叫「莎莉賽卡」的旅舍，這家旅舍令我欣喜若狂，因為她位於美麗的森林中，同時又可享受芬蘭浴。這座小城名叫「伊瓦洛」，是滑雪勝地，人口七千多，每逢滑雪季節時，人口會增至一萬二千多人。小城到處是森林，仍有麋鹿時而出沒。

這家莎莉賽卡旅舍位於北極圈的北緯七十度的伊瓦洛，和前文所介紹的川索、漢墨菲斯特、北角同處於北極圈，但前三地屬挪威，而伊瓦洛已屬芬蘭了。

走進莎莉賽卡像走進世界上最美麗的森林裡，這一幢幢的木屋是分散在各處的。

要找大廳很容易，大門口高高的旗桿上插著七面旗子，歡迎各國嘉賓，正對大門口外設一座北極地區原住民的拉普蘭人式樣的帳篷，大門左側的青草地上陳設一艘小木船，小船上盛開著滿船的小白花與小紅花，可愛極了！品味與意境也出神入化了！芬蘭人酷愛大自然美景，旅館的一棟棟木屋散列於森林裡，儘量保持森林原貌，因此連枯木都保留著，我第一次欣賞到枯木竟也如此美麗，拍了兩株枯木照片都愈看愈神奇、遒勁、表現出枯木不死，永不屈服的精神，這兩張照片令我珍惜與感動不已。

旅館內的裝飾品——拉普蘭人帳篷。

餐廳和客房的窗景太美了，從來沒看過這麼多樹木就在窗外向你呼喚，迫使你想出去做一次長長的散步；但室內的陳設無論桌椅、地板、窗櫺、床緣、甚至牆上的畫框一切都是原木製造的，舒適美觀的程度也讓你捨不得走出戶外去；心中百般掙扎，既想在室內休息，又想去森林漫步，更何況有著名的芬蘭浴在等著我們去見識一番呢！

旅館裡的芬蘭浴浴室必須用房間卡片去插卡，方可進入。男女客人在不同棟的木屋享受芬蘭浴。為了安全起見，導遊要我們結伴而行，以免熱到昏倒發生意外事故。我從未洗過三溫暖，但既到三溫暖的發源地，總得進去增加見聞，以不虛此行。於是結伴而行，攜帶著大小毛巾、泳衣、換洗衣物等，真是煞有介事的模樣。

芬蘭的伊瓦洛城枯木也美麗。

原來插卡進去後，走過一道又一道厚重的大門，終於見到裡面的真相了。第一間為木製的桌椅、地板，繞著四壁都可坐下，面對穿衣鏡、置物桌，一切用具都以厚實的原木做成的，女士們在這兒換上泳裝（也可以什麼都不穿），然後到第二間木屋先用溫水沖洗淨身，洗得既乾淨又舒適之後，提個溫水桶，帶著水瓢，再進第三個房間。第三個房間有玻璃拉門，裡面蒸氣迷漫，布置著木製的一層又一層的鏤空座位，好像要看一場球賽或電影似的，不過什麼都沒有看到，只有很熱的蒸氣，我提著水桶坐到木架上享受了兩、三分鐘的高溫蒸氣，汗水便開始直流，我便用小木瓢舀著溫水往身上淋澆，據說當時的溫度有六十多度，真的熱得受不了，僅僅兩、三分鐘我就衝出蒸氣浴室，再回第二間享受常溫的沐浴之樂，想想自己能在北極圈芬蘭的土地上洗過一次芬蘭浴，就快樂得唱起歌來了！

次日清晨在森林裡散步，深深地呼吸，緩緩地吐氣，空氣純淨又清芬，大自然如此美妙；北歐之旅，行經丹麥、挪威、芬蘭、瑞典，每天呼吸著新鮮空氣、喝著生水，有時吃生魚片，雜糧麵包、餅乾、新鮮水果，住木屋，讓我覺得這才是人類最迫切需要的生活——回歸自然、返璞歸真。

## 拜訪聖誕老公公的故鄉

一年一度的聖誕節，代表著平安、喜樂以及上帝賜福。不論你信什麼宗教，相信收到朋友之間的聖誕卡片，上面寫滿了思念與祝福的話，你不會不感動的！尤其來自海外的老友，一年一張聖誕卡是最簡單而深情的聯絡方式！

我是一個基督徒，從小相信有上帝，同時也相信有聖誕老人的故事，想不到終於有一天來拜訪聖誕老公公的故鄉：位於北極圈外一點點的地方，還真有個「聖誕老人村」。它位於「羅宛聶米」（Rovaniemi）的郊區。市中心人口約三萬五千人，加上附近森林、湖邊的居民，一共約有七萬人。在一九八二年的冬天曾經有過零下四十五・三度的最低氣溫。

現在聖誕老公公已五百多歲了，雖然他已成為兒童神話中最受歡迎的人物，但這世界上確實找不到他了，為免全世界的兒童們失望，於是經由全球小朋友投票，設立一個聖誕老人村。這村莊設在何處？由全球小朋友表示意見，結果小朋友要求這

芬蘭羅宛聶米的聖誕老人村。

村莊必須具三個條件：一、在北極圈內。二、必須冬天下大雪。三、必須有森林覆蓋大地。最後票選的結果是在此城——芬蘭的羅宛聶米郊外的小村莊。

其實聖誕老公公果真有其人。早在十四世紀十字軍東征的時候，軍人假借神祇，所過之處，搜刮民財，民生更為疾苦。當時有個芬蘭人「聖尼古拉斯」，他是一位傳教士，追隨著瑞典軍人回芬蘭傳教，再遠征東歐，又回芬蘭。某個冬日，大雪紛飛，他看到芬蘭的孩子很貧苦，便將隨軍掠奪的財物沿途布施，他喜歡送禮物給孩子的消息不久便傳播各地，孩子們都期盼他的出現。他穿紅袍，那是當時修士穿紅衣的習俗，衣帽上的白色裝飾物則代表白雪。

芬蘭的聖誕老人村，到處有可愛造型的小木屋，中央大廳裡還有一位白髮白鬚，紅衣紅帽的聖誕老公公在他溫暖的辦公室上班，他的辦公桌上堆滿來自全世界兒童的信件，有的要拆看，有的要回信；在百忙中我們拜訪他時，請他與我們合影留念，兩分鐘後照片就洗好了，不過要付昂貴的歐元哦！二樓有琳瑯滿目的聖誕禮品，件件都精美可喜，讓人愛不釋手，可惜如今的聖誕老人已不再布施了，遇到喜歡的東西趕快自掏腰包吧！過了這個村就再也買不到了！

# 芬蘭的首都——赫爾辛基

從芬蘭北部的羅宛聶米附近，遊罷聖誕老人村這座彷彿童話世界般的村莊後，我們重又回到人間，順道參觀一座極具少數民族風格的「拉普蘭博物館」。因為住在北極圈內的拉普蘭人，為適應極地冰天雪地的生活，他們的衣、食、住、行各方面自然與其他民族不同。此地夏天氣溫平均二十三至二十四度，但嚴冬氣溫會低於零下四十幾度。我們八月間參觀拉普蘭博物館時，已穿上厚重的冬衣，氣溫只有十餘度，這提早來的秋天恍如臺北的冬天一樣寒冷。

拉普蘭博物館的玻璃屋頂長一百多公尺。

這座博物館有長達一百多公尺的透明玻璃屋頂，是其外形與採光的最大特色。裡面展出的照片、模型、標本、衣物、帳蓬、傢俱、生態圖表，均以最新科技配合著聲光效果，使得這座博物館充滿冰天雪地中的一種堅強不屈的拉普蘭人生命力！我們看到的拉普蘭人照片，他們實在像蒙古人，黃色皮膚、寬圓臉型，身材不高，表情嚴肅。他們以捕魚為生，以牧養麋鹿為業。

拉普蘭人的服裝、帳篷、被子都用麋鹿的毛皮製造，才能保暖，以便生存於最酷寒的北極地區。他們的雪橇用鹿拉車、傢俱燈飾以鹿角為裝飾材料；除了捕魚，就是殺鹿作為他們的基本食物。為了捕魚，他們自己製造獨木舟，他們的生活是極其艱辛的。因為與外界通婚的緣故，如今住在北極圈內純種的拉普蘭人愈來愈少。據統計挪威、瑞典、芬蘭三國，各國僅剩餘二千至四千純種的拉普蘭人，真正是世界上的少數民族呢！目前各國政府對他們極力保護，或許出於當初掠奪了他們的土地，如今能享有世界第一流的生活水準的內疚感，才對這些善良如麋鹿的拉普蘭人加以彌補與回報吧？

拉普蘭文字石刻。

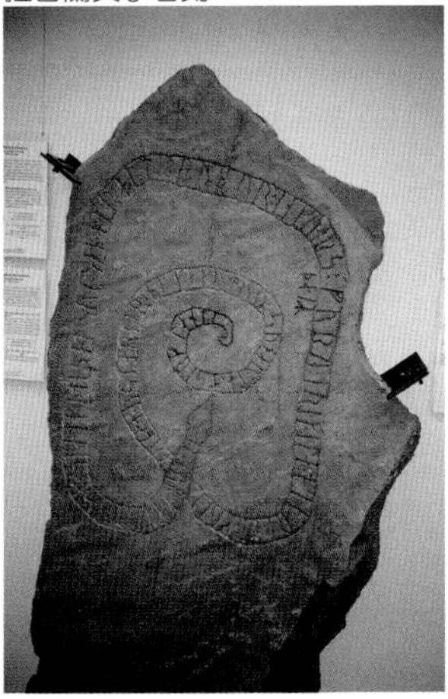

但是，上帝是公平的，世界上唯有住在北極地區的人們才能在冬日漫漫長夜裡，觀賞到北極光的福氣。這三種顏色，拉普蘭人崇拜之至，表現在他們的服裝顏色裡。看來神祕的北極光幾乎是拉普蘭人的特享殊榮。

## 乘火車去赫爾辛基

二〇〇三年八月我們隨著旅行團跨越北極圈，從芬蘭的羅宛聶米搭乘火車一路向南行馳，從晚上九點開車，到次晨八點四十分抵達芬蘭南部的赫爾辛基。

我們從一個荒涼無比的小火車站上車，等火車時甚至連月臺、候車座都沒有，因為旅客實在太少了！我們攜帶行李，苦站了一、兩個小時，方才等到火車抵站，接著找車廂，搬行李，辛苦萬分，因為這列火車實在太長了，我們的車廂編號四十五，火車總共有多少節車廂，誰也來不及數。

好不容易把大大小小的行李塞進兩人一間的小小臥鋪房間後，才覺得眼前的車廂內一切多麼新奇！芬蘭是寬軌火車，帶臥鋪的車廂比想像中的好太多了。車廂雖小，有上下兩床，但設備完善、周到體貼極了。床枕被褥非常潔淨，床頭床尾都有燈光以便閱讀或照明。上鋪的安全護欄非常結實又柔軟，保證旅客不會摔落下來。攀爬上鋪時用小樓梯，而小樓梯正鑲掛在牆壁上，用時取下，用完放回原位，位置好又牢固，不占空間；小小座椅也是同樣附在壁上，有彈簧且收縮自如。扇形的牆角桌面可以當小桌子用，不用時可以掀開桌面，下面即是盥洗盆，並且有冷、熱水兩個水龍頭呢！梳妝鏡後面有六杯水可以飲用，真是既體貼又周到。廁所在每節車廂的前後兩端，空間也極大，還有兒童專用的小便盆呢！

這是我乘坐過最舒適的臥鋪火車，火車行駛速度極快，我們一面享受著零食，一面欣賞窗外落日美景，許多森林、湖泊和沿途人煙稀少的小城鎮便匆匆從眼前飛馳而過，像海市蜃樓一般地如夢如

芬蘭羅宛聶米美麗的現代橋梁。

幻。時間逼近午夜，我們才依依不捨地入睡。一夜甜夢，竟渾然不覺置身在遙遠的芬蘭，尤其還在急速飛馳的夜間火車上呢！

次晨被團友們咚咚的敲門聲喚醒，因為再過二十多分鐘便到終點站——芬蘭的首都——赫爾辛基。原來火車車廂內有二十二度的空調設備，在寒涼的芬蘭夏夜，這不叫冷氣，這應叫做暖氣呢！難怪睡得如此酣甜，完全應歸功於芬蘭的火車平穩、寧靜、設備舒適又無人打擾的緣故呢！

這近十二小時火車旅程比我預期中的行程要好得太多了，芬蘭的火車之旅，真令人懷念不已！

## 赫爾辛基之晨

赫爾辛基車站規模宏偉氣派，當我們走出車站，將行李放進遊覽車後，此時才以無比輕鬆的心情欣賞一會芬蘭首都赫爾辛基的清晨，據說這座美麗的城市由三百多座島嶼構成的，但剛剛踏上這寬敞舒適，人車稀少的土地時，實在很難想像這座城市是怎樣的一種結構呢！

赫爾辛基位於芬蘭國土的最南端，面臨的海洋名叫芬蘭灣，這兒的夏季氣溫已達十八至二十度，比起聖誕老人村的氣溫增加了六、七度，我們總算可以脫下厚重的冬衣，穿上秋裝輕鬆地散步了。清晨的柔和陽光混合著海洋的氣息，一種清新飄逸的情懷盪漾於我心中。

導遊帶我們先到火車站附近的一家餐廳用早餐，這家餐廳內部的陳設豪華無比，古典的房屋，古典的裝潢，挑高的天花板上懸掛著一排排晶瑩華麗的水晶燈，亮麗的酒櫥裡有幾百種酒陳列著，桌椅舒適考究，牆壁上掛著古典派油畫，水準甚高，早餐是否美味可口我已記不清楚了，但是能在這家豪華的餐廳享受用餐的氣氛，已經是幸福極了呢！赫爾辛基給我的第一印象真的太驚喜了。

不久，來了一位芬蘭當地導遊麗貝莎女士，想不到她一開口便是流利的國語，口音中還有些北京腔調，談笑間忽然閩南語也滑溜溜地說出來，天哪！這位麗貝莎女士究竟是哪一國人呢？淡金色的頭髮，灰藍的眼眸，白皙的膚色說明了她的確是芬蘭人。禁不住大家一再好奇地追問，她終於說出身世：她的父母是傳教士，從小便來到臺灣，在臺灣十餘年的青少年時代，她學會一口流利的國語和閩南語，後來又轉徙北京，受到北京語音影響，於是又有了北京口音。她對中國人的觀念、想法熟悉得不得了，因此在赫爾辛基的一日遊，在麗貝莎生動的語言中介紹得相當有趣，也十分深入。

芬蘭自古為弱國，曾被瑞典統治長達六百餘年，之後又被強鄰俄國占領一百五十年。德軍在第二次世界大戰中攻陷此城並放火燒毀此城，現在的赫爾辛基是在俄國協助下重建的。芬蘭雖在一九一七年獨立建國，但此後長期地受強鄰統治，直到一九四五年加入聯合國，之後又加入歐盟組織，情形逐漸改善。芬蘭多森林、多湖泊，故紙漿業、造船業發達，經濟突飛猛進，他們製造的破冰船、電梯和諾基亞手機風行世界，今天的芬蘭已富裕極了，可與東方的日本相媲美呢！

芬蘭的赫爾辛基早於一五五〇年建城，到一八一二年在俄國人占領下才成為首都，此時方為赫爾辛基現代化的開始。芬蘭國土比臺灣大十倍，人口僅五百餘萬，其中有五分之一人口集中在赫爾辛基。

如今的赫爾辛基城內，雖沒看見一棟棟的現代摩天大樓，但那些不太高但建築得既優雅又古典的堅固房屋實在令人欣羨，它們極具藝術美感並各有特色。芬蘭導遊告訴我們：「我們的政府好像錢多得不知怎麼花才好？他們在人行道下面鋪上暖氣管子，到了冬天下大雪時，人行道的暖氣使積雪融化，行人可以很方便地出來走走，至於馬路上還得用剷雪車清除積雪。」

「最近政府又成立一個專門機構，正在計畫把全市區內的公車地下化，以後地面上再也看不見公車了，你們看前面那座大樓就是這個計畫的研究中心。」

「我們芬蘭人最愛大自然，最喜歡森林和新鮮空氣，為了市民能呼吸新鮮空氣，我們的環保工作做得很好，你們看那公園的出入口不是有許多白色車輪的腳踏車嗎？你只要投幣兩塊錢，就可以騎著到處逛，用完歸還時，錢幣會自動退還給你！」以腳踏車代替乘坐汽車，在丹麥的哥本哈根，在挪威的奧斯陸都在大力提倡，以避免大都市的公害——空氣汙染與噪音傷害。

麗貝莎又驕傲地說：「我們芬蘭政府所抽的所得稅僅占個人所得的百分之三十，是全北歐最低的（丹麥、挪威、瑞典都在百分之四十至六十之間），但我們的福利做得不比別國差，學費、醫療費全免，國防預算只占百分之五，我們愛好和平，討厭戰爭！」

接著她話題一轉，也有些擔心地說：「二十五年以來，芬蘭人最怕生孩子，平均每對夫妻只生一個孩子，總理呼籲大家要多生孩子，最好一家生三個，他自己已生了兩個孩子。芬蘭的夫妻平均應生二．五個孩子，才會應付人口逐漸下降的問題，因為人口減少了，以後誰付我們的養老保險金？」

## 赫爾辛基重要觀光景點

我們在赫爾辛基的時間只停留一天，到了黃昏就要搭乘豪華遊輪「詩麗雅」號，度過波羅的海前往瑞典首都斯德哥爾摩。總共算來我們在赫爾辛基的參觀時間也只有七、八個小時。

行程匆匆，但景點別緻有特色。第一個景點是參觀一座既高且大的白色教堂，這座教堂似乎從市區內任何地方都能看見它，大教堂四周有耶穌的十二位門徒塑像，高高地立於屋簷邊上，它的造型是希臘式與羅馬式混合的樣式，神聖、高貴、莊嚴而又亮麗。要走進教堂，你必須先走完四十七級臺階，方能站到那一大排巨大的白色希臘柱子前，好好向上仰望那圓柱與教堂的支撐處，裡面是一片白色的教堂，外面是碧藍的晴空，那鮮麗的色彩和磅礡的氣勢是無可比擬的。這座教堂完成於一百五十年前，幸好在烽火中安然無恙地保存下來，如今成為赫爾辛基最宏偉的建築物，如果與巴黎的白教堂相比，真的絕不遜色呢！

第二座大教堂名叫「烏斯別斯基東正教大教堂」，是一棟紅磚建造的美麗教堂，內部供奉著聖母瑪利亞。我們曾參觀過俄國的各式各樣東正教教堂後，對這座教堂就有一種熟悉之感，當然它的規模比較小，除了俄國之外，赫爾辛基的東正教教堂是歐洲最大的一座了。

第三個景點仍然是教堂，不過這座教堂完成於一九六九年，由路德派教會所建，它的名字叫做「磐石教堂」，周圍的牆壁由巨大的岩石堆砌而成，完全採用天然岩石的形狀，不露斧鑿痕跡。進入教堂內部，你才發現整個空間是圓形的，圓形的岩石牆壁，上面覆蓋著一個大圓頂，閃閃發亮，原來屋頂由無數片黃銅片鑲嵌而成，為了教堂的採光，它的細長條形玻璃窗就鑲在岩壁與銅屋頂之間，為了表現藝術美感，這些細長條形玻璃窗下端是呈參差不齊的排列。教堂內也如同其他教堂一樣有豪華

赫爾辛基的白教堂有十二使徒像。

的管風琴、鋼琴、講壇、聽眾座位。總之，這是一座二十世紀基督教新教所建的最具現代感的教堂。它不採哥德式的尖塔、希臘式的三角形門楣、圓柱，或羅馬式的圓頂；窗戶不採古典的彩色聖經人物玻璃窗，而是現代的、透明的玻璃窗，因此，透過窗戶，你可以看見一小部分岩石石牆，一片如圓環般的寶藍色天空，甚至夏日陽光像金粉、像瀑布般地灑在人們身上。磐石教堂，是赫爾辛基一座建築藝術瑰寶，彷彿在證明二十世紀的芬蘭人決不輸給祖先們，因為在我看來，白教堂、東正教教堂和磐石教堂三者是各具特色，難分軒輊。想想看，我們這一代人要留給後世子孫一件怎樣具有紀念價值的藝術文化瑰寶呢？這是值得大家深思而且要付諸於行動的問題，我們還能再拖延下去嗎？

第四個景點是「西貝流士公園」。西貝流士（Jan Sibelius, 1865-1957）是芬蘭最偉大的音樂家，自幼就喜歡音樂，先進入赫爾辛基大學攻讀法律，但中途改學音樂，從赫爾辛基音樂院畢業後，前往維也納留學，隨高德・馬克學習，從這時期開始發表作品，為布拉姆斯所賞識，回國後一面作曲一面兼任赫爾辛基音樂院教授。一八九七年，當他榮獲政府的年俸後，便辭去教職，專心作曲。他的七首交響曲、愛國交響詩「芬蘭頌」、「卡力拉」序曲，交響詩「黃泉的天鵝」、「藍敏凱的歸鄉」

等等都經常在各國的音樂會上演奏，替芬蘭人爭取了無比的光榮。

芬蘭人為了紀念這位長壽的音樂家（他活到九十二歲，夫人活到九十八歲，有六個女兒），特地建造了一座森林公園，因為西貝流士酷愛森林漫步，在靜謐的森林中他才靈思泉湧，音樂在腦海中澎湃成形。當他回到家中，不准妻子和女兒們說話，唯恐擾亂了他剛成形的曲子。所以芬蘭政府為紀念他，以及尊重他的興趣，特地闢建了一座占地極廣的公園，以參天古木及碧草如茵的大自然紀念這位國寶級的音樂家。

赫爾辛基的西貝流士公園紀念芬蘭最偉大的音樂家西貝流士。

# 永恆的羅馬

孩提時代就常在書籍上看見：「條條道路通羅馬」、「羅馬不是一天造成的」等等極富吸引力的話。如今，電視、影片中羅馬的風光在日常生活中時時出現。看來人的一生中必得去一趟義大利，才不枉度此生。及至到達羅馬，遊歷幾個重要城市、島嶼和景點後，我們真正證實了不虛此行！不枉此生！

到義大利去一趟的旅程是很辛苦的，我們起個大早，從吾家出門算起，歷經二十五個小時的等機、通關、轉機等過程，對於年輕人不算什麼，然而對於耄耋之年的我們夫婦，可真有點累啊！乘坐德國航空班機是第一次，難忘的是在法蘭克福轉機經驗，由於機場太大，旅客拖著行李走備極辛勞，德國人特別設計了最寬闊的長廊，最長的平面電扶梯；天花板、牆壁上安置著最柔美的燈光，彩色富麗，變化萬千，加以配上大自然的風聲、雨聲、浪濤聲、蟲鳴唧唧、鳥語婉轉，令人有誤闖桃花源般的驚喜感覺，熱愛旅遊的人一定會想：下次到德國來看看吧！這種別具巧思的設計，能不為法蘭克福帶來旅遊觀光熱潮嗎？

「義大利，我們來了！」「羅馬，我們來了！」我們這一團裡有十對度蜜月的新婚夫婦，一對結婚九年的夫婦，我們則是結婚四十三年的老夫婦，另外有三位女士，一位女領隊，一位小學女老師，一位吾女婕兒。十對佳偶新婚蜜月，像鴛鴦般地相依相偎，濃情蜜意，全團沾染了大喜之氣，使得這趟旅行，氣氛浪漫到最高點。

抵達羅馬的當天，由於時已午夜十二點，長途疲勞，渾然入夢，幾乎連旅館什麼模樣都來不及看清楚。第二天清晨，我們才發現自己住的旅舍有著古羅馬的造型，天花板、廊柱、奢華的燈飾和華美無比的地磚，都一再讓人懷疑是否穿越時光隧道，走進一座小皇宮？走出大門，周遭的庭院，樹木參天，花園步道極其廣闊，我們在林園晨霧中享受清晨的陽光，雖在寒冬時節，但羅馬卻以溫暖的雙臂歡迎我

羅馬市政廳氣派恢宏、雄奇華麗。

們。我們在林間散步一會兒，當時的幸福感，使我幾乎覺得自己是個古代的女王呢！這家旅館的古典優雅，兼具了奢華與浪漫的情調，我將永難忘懷，它的名字叫做「羅馬飯店」！

羅馬是一座擁有兩千餘年歷史的古城，城內處處古蹟，美麗的廣場上必有雕塑極具藝術價值的噴泉水池，人物美如神話中的男神、女神或天使，古羅馬多神信仰的意識瀰漫在這座神奇華麗的都市裡。

古老的建築與現代建築，雖然有著一兩千年的悠久歲月的距離，但羅馬人很具巧思地把它們融合在一起，卻分外的美好。我在寒冬璀燦如藍寶石的天空下，把握每分每秒，驚喜讚嘆地用雙眼飽覽那些古樸、堅實而又壯麗的古代建築。臺伯河貫穿羅馬市區，古代的巧匠們因而留下一座座古典石橋，橋下成排的拱形石洞輕輕地流淌著河水，似乎在唱著一首首古老的歌曲；河上有一座小島，據說是最迷你的島嶼，上面竟修築一幢華麗堅固的古堡，綠樹成蔭。一位大富翁買去當豪宅居住，這位富翁還真不俗呢！

古建築、古城牆都被羅馬人珍惜著、維護著，路邊的斷垣殘壁，甚至一根很突兀的大石柱，都留在原地，紀念著羅馬昔日光輝，見證著羅馬人對祖先的崇敬，這是一種特殊神聖的精神表現，使得許多不重視古蹟的現代化都市市民慚悔羞愧得無地自容。

接著乘車參觀預定的景點，第一個景點是「梵蒂岡博物館」。這座博物館除了宏偉的建築物本身外，可以看到義大利各種宗教藝術之美，博物館內有鎮館之寶——米開朗基羅畫在西斯汀大教堂天花板上的「創世紀」圖畫和「最後的審判」。其餘的聖母像、聖人像、大天使、小天使、豐收女神像，精緻的浮雕器皿，壁上懸掛的無數的巨幅絲織壁毯畫，其中宗教故事以豐富的色彩、眾多的人物、生動的表情呈現，美得令人讚嘆！拱形的長廊屋頂、拱形的雕花門

梵蒂岡的「最後的晚餐」壁毯。

抬頭欣賞梵蒂岡博物館華麗精緻的天花板名畫。

窗、華麗的燈飾照耀著華麗的彩色拼花地磚，任何地方都是奢華富麗的美，任何一個小小角落都由藝術家精心設計並打造。這座充滿藝術極品的殿堂是人類虔誠信仰上帝的最佳證據。

參觀完梵蒂岡博物館，好像參觀了上帝的藝術藏寶窟，那種華麗與巧思全是人類中天才人物獻給上帝的禮物，每件都是人間至寶，每件都是全世界獨一無二的傑作。當時我幸福快樂得像一隻雲雀，想一飛沖天，連唱幾天美妙的歌！但是，不久領隊小姐就帶我們走進「梵蒂岡」了，這個從中古時期到十九世紀的教皇大國，在義大利中部算是一個不小的國家，如今逐漸式微成一個蕞爾小國，面積僅○・四四平方公里，人口也僅有一千餘人，是位於義大利羅馬市區中心的教皇國。

梵蒂岡雖然是個小小的國家，但教宗卻住在這裡領導著全世界各國的天主教信徒。這神聖的國度實際上是小而美、小而強大的，它包括宏偉的教宗皇宮、兩排弧形的整齊而高大的圓形石柱群，寬闊的廣場，廣場中央有著傲人的方尖碑，宮殿屋頂有成排聖徒雕像。拱形的大門外警衛穿著當年米開朗基羅親自設計的華麗又高貴的制服，昂首闊步地捍衛著這神聖的迷你國度。梵蒂岡的皇宮真正的名字是：「聖彼得大教堂」。聖彼得的巨大雕像昂然矗立在教堂右側，耶穌的大弟子永遠守護著上帝的殿堂，是何等光榮的美事。

羅馬的競技場是羅馬帝國全盛時期的巨型建築物，據說太空人升上太空，回望地球時遠遠地只能見到兩種建築物：一是中國的萬里長城，二是羅馬的圓形競技場。終於來到聞名已久的人與獸的搏鬥競技場了，連心跳都加速了，正想進去一探究竟時，領隊小姐卻說：「抱歉！因為景點還有很多，我們只能停留在外二十分鐘，不進去參觀，就在外面拍照留念吧！」聽完此番謬論，真把我們氣炸了，分明是旅行社捨不得花門票錢，竟編了如此謊言，無奈車已啟動了，那十對蜜月佳偶誰也不想找領隊理論，唯恐破壞甜蜜氣氛，我們只得失望透頂地登車去遊覽以下免門票的行

古羅馬的競技場雄偉壯麗。

程了。這就是跟團旅行的壞處，唉！

「真理之口」是電影「羅馬假期」的一景，當女主角將手伸入怪獸之口中，男主角葛雷・哥萊畢克大吼一聲，把飾演公主的奧黛麗・赫本嚇了一大跳，因為葛雷・哥萊畢克事前說：如果誰說謊言，怪獸會咬他的手指。幾乎所有的觀光客都排著隊，等待把手伸入那千年怪獸之口時，拍一張有趣的模仿「羅馬假期」的經典劇照。

「羅馬市政廳」建築恢宏氣派，具備了特有的羅馬式高貴壯麗，傲岸不群的風采，也是任何國家的市政廳比不上的。羅馬真是不同凡響！學建築的人一定得先來羅馬觀摩一番。

小心！別被「真理之口」怪獸咬到。

接著我們參觀世界聞名的羅馬許願池。這座滿是人物雕塑的噴泉水池，我最早也是從電影「羅馬假期」看到的，此後許多部電影中都有這美麗的場景。許願池旁遊客最多，整座噴泉及雕塑之美比想像中偉大太多了，以致於我手中的小照相機無論如何都拍攝不到全景。此池之美教人領略到西方藝術不僅珍藏在皇宮、教堂、博物

羅馬的著名許願池。

館內，還呈現在街頭，任何人都能親近它、歌頌它，它是平民化的藝術，不僅羅馬人以它為榮，全義大利人也以它為傲。這種偉大的藝術成就，全世界的遊客都能分享，也令人欽羨到極點了。這座許願池是義大利巴洛克藝術臻於極致的代表作。

羅馬納佛那廣場的「四河噴泉」也是必遊之地。據說古代地理知識不如今日發達，羅馬人以為全世界有四條最偉大的河流，它們是：尼羅河、恆河、萊茵河以及拉布拉多河。因此修建了一座極為壯麗的噴泉水池，池中東西南北四方各塑了一位神像，姿態互異，肌理骨骼都屬最雄健的美男子雕像，四河之神威風凜凜，使人望之生畏，觀之興嘆！

美麗的西班牙廣場。

其間參觀了一座宏偉古樸的「萬神殿」，了解古羅馬時代的多神教信仰。圓形造型的萬神殿屋頂的上端留出一個圓孔，仰頭可見碧藍的天空和冬日的陽光，米開朗基羅曾盛讚這裡見到的是天使之光！

黃昏時分，我們來到「西班牙廣場」，忽然發現石雕船形的噴泉上方有巨幅的印度聖雄甘地像，其下層層的階梯上坐滿休憩的遊客，那些臺階似曾相識，哎！對了，那豈不是「羅馬假期」中，調皮可愛的公主坐著享受冰淇淋甜筒的地方嗎？忽然之間覺得羅馬並不是一座陌生城市，因為我們一直跟著那部經典影片的腳步走。

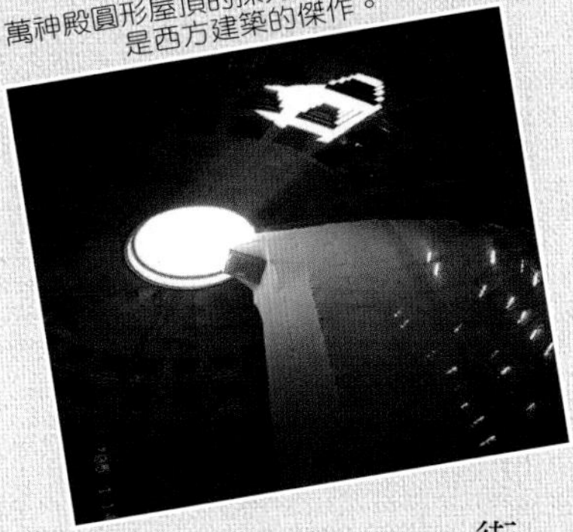
萬神殿圓形屋頂的採光圓孔，是西方建築的傑作。

我們在西班牙廣場的精品街閒逛著，許多打扮怪異的街頭藝人吸引我們注目，也製造了一串串的歡笑聲。最難忘的是領隊介紹我們去一家自一七六〇年開設的咖啡館，每個團員享受了一杯正宗的卡布其諾咖啡，那香濃美味的口感，至今還覺齒頰留香呢！

# 偉大的龐貝廢墟

二〇〇五年一月十五日上午八時，我與外子、婕兒離開了令人不忍離去的羅馬，隨著團體乘車往下一個目的地——「龐貝」行駛。我們運氣很好，巧逢義大利是個暖冬，氣溫在七度到十度之間。義大利藍天如寶石般剔透，白雲如柔軟的絲棉，陽光亮麗如億兆根淡金色絲線，照射在人們的身上有些微溫暖，對於隆冬的遠方遊客，可說是幸福甜美極了！若是遇到大風雪天氣，或傾盆大雨那可受罪了；如果夏天來，聽說龐貝廢墟氣溫會高達四十幾度呢！

領隊一路講述她帶義大利團種種意外苦況的故事，讓我們聽後愈覺本團一切順利，是否沾染了本團中有十對新婚度蜜月的夫妻的喜氣有關？中途在休息站裡喝一杯道地的義大利卡布其諾咖啡，那種迷人的香氣更提振了大家的精神，飄飄然有神仙飛升之感。三個多小時後，眼前出現了一座聞名遐邇的維蘇威火山、一片藍碧的海灣、一座比想像中大了無數倍的龐貝古城。

當七十九年八月二十四日，維蘇威火山突然爆發，烈焰沖天，火山熔漿向火山口

龐貝古城毀於西元七十九年八月二十四日維蘇威火山爆發。

公共浴室上端有數處通風口。

的下方四面流竄時，山腳下的龐貝城、附近小鎮都遭到史無前例的一場大災難，人們對於洶湧奔流而至的滾燙熔漿，滿天飛竄的火球，以及落不盡的火山灰燼，簡直驚恐得有如面臨世界末日，不知要逃往何方才好？有些人機警地逃至鄰村或附近小城，但也多數在途中罹難；有的人在街上狂奔，有的跌倒，有的跪下祈禱，有的趴在地上，有的倒臥在自己家裡。火山灰不停地落下，燃燒的火球不停地從火山口向四面八方飛射，日以繼夜，夜以繼日，龐貝古城全城的人類、家禽、家畜，全部活埋在火山的熔岩與灰燼裡，火山灰愈落愈厚，最後龐貝城整個沉埋於火山腳下深達四公尺的灰土裡，從此，再也聽不見人聲沸騰、車馬雜遝、市集喧擾、歌聲舞影的種種音響；再也看不見這座擁有兩萬居民的城市美麗繁華的城郭街道、深宅大院、商店雲集、劇院浴室、政府機構、廣場花園種種羅馬人值得驕傲的生活跡象。

太陽神阿波羅是龐貝居民的主神。

龐貝古城從地球上消失了，龐貝的故事由倖存者口述流傳著，那是一世紀時代的一場浩劫，人類歷史上特別令人驚恐的天災！

直到十八世紀時，當地居民陸續發現一些古器物出土，經由一位富有的伯爵慷慨出資，聘請了幾位國內外的專家學者、科學家加入考古挖掘工作，方使湮滅了十七個世紀的古城一點點一層層的出土，挖掘的過程小心翼翼，興奮之情可想而知，辛苦之狀況也可想而知，終於，龐貝古城重見天日了！天空依舊那麼晴美，海洋依舊那麼蔚藍，肇禍的維蘇威火山依舊以最柔美的姿態沉睡，（真的可惡極了！）但可憐的華麗奢侈的龐貝古城，卻變作斷垣殘壁，一座絕美又淒涼的廢墟！

龐貝廢墟的發現一時轟動全世界，它不僅使古羅馬時代城市生活、建築藝術、街衢巷道、雕塑壁畫重見天日，也將一頁死去的歷史復活過來。從此研究羅馬人歷史的有了第一手證據，也使義大利人贏回了更大的面子——悠久的歷史、高度的文化，更增添了義大利人的驕傲與自信，使得近代考古學研究首開成功之例，成為考古學的最佳範本。從此以後各國爭相效仿，於是埃及法老王古墓出土了，土耳其特洛伊古城（木馬屠城記故事）出土了，中國的秦俑、各代古墓、古代的殉葬、車馬坑也出土了。

慕名而來的觀光客多得難以計數，為義大利增添了一個舉世無雙的觀光景點，也同時帶來滾滾財源。

那些不幸的龐貝居民早已變成一具具化石，他們的屍體在瞬間驚懼中死亡時，仍然保留著各種各樣的姿態，這些人體化石保存在博物館內，複製品則選少數的放置於廢墟比較完好的房屋裡。他們日常生活的用具、瓶瓶罐罐也都具有考古歷史的價

下雨天圓形墊腳石可供行人走路，這是龐貝古城特色之一。

龐貝古城的馬賽克地磚。

值，觀光客也在瀏覽之際上了一節栩栩如生的歷史課。那場近二千年前的人類浩劫，想不到又以另一淒美的面貌呈現眼前，參觀時一面為逝者悲悼，一面卻又讚嘆不絕於這座濱海商業古城之絕美風華，心中真是百感交集，筆墨難以形容呢！

龐貝古城的建築堅固耐用而又美觀，所有街巷路面皆用大石塊鋪成，仔細研究此城具有希臘建築式樣，卻又在其中加進羅馬風格。原來希臘人早在西元前七、八世紀，就知道在他們的西方有個義大利半島，因此很多希臘人便結伴遷移到義大利半島的南端，這就是所謂「大希臘」的由來。羅馬人是在西元前二六六年統一義大利半島後，才正式與希臘文化全面接觸交融。

希臘建築早期都是木造的，到後來幾乎全改用大理石。義大利半島也盛產大理石，但義大利又比希臘多了一種建築材料，那就是用義大利特產的火山灰，加上石灰石一混合，就變成最上等的建築材料——「混凝土」。這種混凝土和現代的水泥一樣堅固，所以羅馬建築多半使用這種混凝土，這種土堅實耐用，可塑性強，因此羅馬建築多圓形建築，屋頂又呈美妙的穹窿形。羅馬建築靠堅固混凝土牆壁支撐著，少數的柱子只作裝飾，這和希臘以大理石為建材，必須用極多極巨大的柱子支撐房屋是不同的。

走訪一趟廢墟，便可發現他們的建築物是用隨處可採的火山灰與石灰石製成的混凝土築成。街道則用更堅固的巨石鋪砌。羅馬人特別喜歡裝飾上瓷磚、蠟石和大理石。至於廢墟中的豪宅、公共浴室等建築物則時而可見羅馬人的壁

此時此刻不禁引起思古之幽情。

畫，這些彩色的生動壁畫以人物居多，充分可見當時的人民生活狀況。據史籍記載，羅馬人性格比希臘人粗獷，比較不擅長表達細膩的壁畫，而羅馬人當時俘虜了許多奴隸，僅就羅馬城在一世紀時人口大約是一百六十萬，而其中有九十萬是奴隸。龐貝這座大城市應不例外，其中有大量奴隸，奴隸之中又不乏具有更細緻、文化教養極高的希臘人。這些希臘人多半給主人當教師、書記以及從事各種技術性工作。由此可知龐貝古城的壁畫，多半出自於這些希臘奴隸的手筆，而其中也有一部分是希臘奴隸的學生羅馬人畫的。

走訪龐貝古城時，那些廣場上的碧草，流浪的野犬，遊人的語音跫音，彷彿在呼喚著沉睡千年古城：醒來吧！快快醒來吧！

龐貝的狗兒像在思索著什麼？

# 蘇連多與卡布里島

義大利半島像一隻長筒靴子，而且是女人的長靴，悠雅地伸入碧藍的海洋裡，從地圖上看，她的左邊是地中海，而右邊是亞德利亞海；腳尖差點踢到西西里島，膝蓋對面則是科西嘉島。兩千多年前從這裡建立的羅馬帝國，範圍延伸到亞歐非三大洲，在人類歷史上創造了一個無與倫比的世界奇蹟。

參觀完龐貝廢墟後，那種震撼力不斷地衝擊心頭，對於維蘇威火山在七十九年那次的突然爆發，瞬間掩埋了一座多彩多姿，充滿生命力的古城，感到人生無常，造物主怎能不論善惡是非、公平正義等一切人類苦心經營、追求真理的生活現象，經由火山一陣怒吼咆哮就化為灰燼，永埋地下呢？幾乎和所有的天災發生時一樣，人類是渺小又卑微的受難者啊！我遠眺那座維蘇威火山，凝視它一遍又一遍，它依然那般地優雅又神祕，像一尊斜臥在海濱的迷人女妖，不知何年何月何日重新變臉，突然又毀滅人類？

火山漸漸遠離我們的視線，眼前的公路向義大利南方延伸下去，碧藍的地中海美得迷人，連濱海的海灣弧度都美，一座座迷人的小城鎮散布於海灣之間，令人不禁縈思：是人類擁抱這些港灣呢？還是港灣擁抱著人類？如此地生生不息！如此地相依相偎！

冬日的陽光既明亮又微溫，照射在美麗的義大利半島西南岸，地中海的沿岸風光旖旎，教人忍不住在心中唱起歌來，猶記得讀初中時音樂老師就教過我們一些義大利民謠，例如：「可愛的陽光」、「歸來吧！蘇連多」、「卡布里島」，此時歡悅的「可愛的陽光」曲

蘇連多海灣上的船隻。

子在我心中一遍又一遍地唱著，接下來哀怨動聽的「歸來吧！蘇連多」打從記憶深處油然升起，因為我們下一個目的地就是「蘇連多」。歌詞大略如此：「蘇連多岸美麗海洋，晴朗碧綠波濤靜盪，橘子園中茂葉纍纍，滿地飄著花草香……歸來吧！歸來！故鄉有我在盼望；歸來吧！歸來……我在等你！」

這首民謠早已撼動少女時代同學們的心弦，想不到年老時方有緣到此一遊，人生境遇如詩如夢，我不禁為自己的幸運暗自竊喜，也許真的喜上了眉梢，外子和女兒幾乎同時說：「媽媽看來好開心！」我說：「我心中正唱著蘇連多。」歌聲似乎神祕地傳給了女兒，因為我也曾教她唱過這一首歌。

黃昏時分，終於抵達蘇連多，我們在一間並不豪華的小旅舍住宿下來，義大利的旅舍縱使不是四、五星級的旅舍，也美得令人驚奇！磚紅色的外牆有一座小陽臺，陽臺的欄杆潔白如雪，地磚的顏色璀璨如藍寶石、如地中海的海洋，如寶藍的天空，真是藍到教人驚豔的程度。房間裡的地磚則是藍色系的花朵圖案，傢俱、桌椅、衣櫃均用上等木料精心製作，義大利的原木色彩傢俱看來堅固實用，一點也不偷工減料，我們對這臨時的「家」深感滿意，可惜只留宿一夜。

晚餐極為可口，這幾天每天都吃義大利麵，但每家餐廳作法不同，菜餚和湯也不同，甜點、咖啡更是美味香醇。用餐氣氛尤其好，因為餐廳的布置設計都美到極點。義大利人熱情好客，老闆和經理都穿西裝打領帶，個個具有紳士風度，且笑容可掬頗富幽默感。在義大利用餐，你若不開心也難，因為時常遇到現場音樂伴奏呢！

晚餐後是逛蘇連多最寶貴的時刻，因為明天上午要離開此地前往卡布里島，若不逛街簡直沒來過蘇連多似的。義大利人和許多歐洲人一樣，晚上享受著屬於自己的時光，幾乎所有的商店都關門打烊了，但櫥窗裡卻亮著燈，一家家費盡匠心巧思的櫥窗內，擺設著各種不同的精美藝術品和手工藝品，教人著迷，但卻看得見，有錢也買不到，或許在這些紀念品的誘惑下，促使大家次日在卡布里島瘋狂大採購起來！

蘇連多教人難忘的是此地的路樹——橘子樹。小小的橘子滿枝枒，成熟的金黃色嬌豔得令人讚嘆！果實纍纍多到

冰淇淋美味可口到極點。

終於有一家冰淇淋店夜間營業，牆上貼滿了世界各國遊客照片。

壓彎了枝條的地步，行人步行其旁似乎一伸手就可摘來嘗嘗，但我們畢竟守法守分，還是乖乖地找到一家尚未打烊的水果店，買了幾個橘子來解饞，結果，果然甜蜜又芬芳！冰淇淋和卡布其諾咖啡一樣美味可口，是每天必享受的甜品。當時還有一家未打烊，於是大家又衝進去每人買一個冰淇淋甜筒，在路上邊走邊享用。美麗的蘇連多，在橘子芳香與冰淇淋甜美的氣息裡，街燈閃耀，小城寂靜，我們一團旅人的腳步聲噠噠地劃破了冬夜的寧靜，彷彿還聽得見海洋的呼吸，地中海睡了，蘇連多睡了，只有來自遠方的旅客，還依戀不捨地在街道上蹓躂，但願時光為我們佇足，讓我們高歌一曲：「歸來吧！蘇連多」。

卡布里島特產——檸檬酒。

次日，搭乘遊艇前往對岸地中海上一座聞名世界的小島——卡布里島。關於這座小島，我們在初中時代便人人會唱那首旋律輕快的義大利民謠「卡布里島」，在此，容我以歌詞來讚美它，如果你會唱，不妨唱著歌兒來讀完此文：

令人留戀遙遠的卡布里，
你的景色既清新又美麗。
放眼望去到處是一片碧綠，
我始終也未能忘懷你。
我倆曾在泉水旁邊，
快樂地歌唱嬉戲；
看薔薇在山腳爭豔，
聽那杜鵑枝頭亂啼。
過去的事像雲煙已無蹤跡，
心上的人兒如今你在哪裡？
我幾時能再回到卡布里，
再回到卡布里來看你！

卡布里島美景如畫。

心中一面歡唱，一面登岸上了卡布里島，原本要去「藍洞」欣賞奇景：海上山洞中的藍光。可惜當天海面風浪大，臨時取消此一行程，改為參觀山坡上一位瑞士醫生去世後捐出的私人豪宅，如今變成小型博物館。這一棟具有古希臘古羅馬混和風格的白色建築物，其中的拱門、長廊、拼花地磚、大理石雕塑、龐貝文物壁飾、古羅馬傢俱等等收藏極為豐富，庭院設計與大自然結合為森林步道，處處令人驚喜讚嘆！

卡布里島上一位醫生家的藝術長廊。

醫生的家園是義式豪宅的另類代表。

# 拜訪茱麗葉的家

人生的際遇非常奇妙，我與外子、廷兒曾於一九九五年夏天旅遊英國時，拜訪過西洋史上最偉大的文學家莎士比亞的家，位於英格蘭西北部的史特拉福鎮；想不到十年後的二○○五年元月中旬，我們和女兒又拜訪了莎士比亞悲劇中最為人傳頌哀感的茱麗葉的家，位於義大利中北部的「維諾那」小城。當然這一切因緣際會都得拜飛機的發明和現代觀光旅遊業的發達之所賜，以及我一向愛好探索奇妙世界的決心所致。

莎士比亞生於一五六四年（相當於

寧靜的威洛那街景。

中國明世宗嘉靖四十三年）四月二十三日清晨，出生地史特拉福距倫敦約有三、四個小時車程。病逝於一六一六年，享年五十二歲。一生共寫了三十七部劇本和一百五十四首詩，他代表著文藝復興時代英國文學的最高成就，英國人視他為國寶，認為「英國即使喪失印度，也不能喪失莎士比亞」。法國大文豪雨果更提出「聖經、荷馬、莎士比亞三位一體」之說，大仲馬還讚美道：「莎士比亞創造人物類型之多，僅次於神。」這位偉大作家的《羅密歐與茱麗葉》、《仲夏夜之夢》、《哈姆雷特》、《李爾王》、《馬克白》、《奧塞羅》、《威尼斯商人》等劇作都是大家略知一二的。《羅密歐與茱麗葉》劇本作於一五九四年，當年莎士比亞才三十歲，在他一生眾多作品中，這僅屬於他的「試作期」呢！

《羅密歐與茱麗葉》是莎士比亞根據義大利人邦德羅的小說為底本而創作的，羅密歐與茱麗葉兩人的愛情故事也是義大利維諾那小城的真人真事。莎翁創作了如此動人的愛情悲劇名著，據說他本人卻未曾到過義大利呢！（至少歷史上找不到證據。）

我在讀初中的時期，即已拜讀莎翁作品翻譯成中文的書籍，在少女情懷總是詩的意念中，被莎翁劇本中如詩的臺詞所傾倒，而沉醉不已；莎翁的才華忽而是太陽，

忽而是月亮，忽而是風，忽而是雨，讓人心境瞬息萬變，只能隨著他的筆墨走，一會兒展顏歡笑，一會兒哀傷落淚。

例如《羅密歐與茱麗葉》第一幕「序詩」，致詞人登臺，朗誦著這樣不平凡的開場白：

> 我們的戲發生在維諾那，一座美麗的城，講的是兩個聲威相當的世家。很早他們結下了私怨，如今爆發出新的鬥爭；私爭的血汙了和平的手，為了兩家互相的殘殺。上蒼派定：在這一對仇人的懷抱中，降生一對苦命的愛人。他們悲慘的毀滅和災厄重重，埋葬他們老人的衝突，也斷送他們的生命。
>
> 這故事，這段為情而死的慘變，與他們的父母如何死了親生的骨肉，才肯把無盡無休的憤怒移換，是今天臺上所看見的悲歡離合，在短短兩個鐘頭的時間。這些只要諸位耐著性子細聽，此處說得含混，以後我們總要演得分明。
>
> （致詞人退場）

這一天，我們在義大利的維諾那散步閒逛，時值嚴冬，路邊時而可見少許的積雪，城垛上的藍天白雲。

城牆宛若相框將維諾那框於其中。

露天劇場的彩虹設計極美。

遊客甚少，瀏覽這座美麗的古城尤覺悠閒自在。一條清碧的阿迪橋河蜿蜒地穿過古城，河面上架著一條長長的古橋，橋的兩旁建築著厚且堅固的城牆，磚紅色造型美麗的橋欄和小城周圍的古城牆有著同一系列的色彩和式樣，想必古代賴此橋以保護人民的安全。我最喜歡橋上那些方形小窗（即瞭望口），每一窗口就擁有維諾那一幅美景。義大利建築之美，稱它為永恆之美，決不過分！

城內中古、近代的建築相依相偎，自然而和諧。室內最醒目的建築是圓形的露天劇場（有些像羅馬競技場），它與鄰近的近代建築間，設計一彎彩虹，與其相連，落虹處迸出一團火花似的藝術造型，令人驚嘆！

城中多小石磚路，走在路上古意盎然。商

店布置新穎而典雅，當然少不了賣卡布其諾的咖啡店和即使在寒冬也非常受歡迎的義大利冰淇淋店。汽車出奇地少，街上彷彿沒有半點塵世的喧囂，這古城給人的感覺似乎是寧靜無聲的，詳和得似乎使人遺忘了在十四世紀中曾經發生的兩大家族間的恩怨情仇。

導遊終於帶我們去拜訪茱麗葉的家了，由於時間安排得緊湊，大約四十分鐘內還要參觀十三世紀詩人但丁的家。我們選擇了茱麗葉的家而放棄了但丁的家，真是魚與熊掌不可兼得，遺憾！遺憾！茱麗葉的家保存得很完好，經過長達六百年的歲月滄桑，留存至今真不容易。穿過一道巨石拱門，便到了一座古老的宅院，四方形的中庭前方矗立著茱麗葉婀娜多姿的銅像，她像永遠青春美麗的仙女，永遠活在十五、六歲永不凋謝的青春年華裡。來自世界各地的遊客有不少人在牆上留下了字條，貼成了滿天繁星；也有人用口香糖

羅密歐與茱麗葉訂情處——永垂不朽的陽臺會。

別了，維諾那！我們撿到楓葉作紀念。

密密麻麻地黏在牆上，上面刻寫著愛情的文字或圖畫符號。

羅密歐與茱麗葉的陽臺會，更是人人嚮往的情節，因此，那古老的陽臺成了眾人的焦點，愛情的言語經過莎士比亞的心靈彷彿在替茱麗葉呼喚：「哦，羅密歐，羅密歐，你為什麼是羅密歐？」「是誰？在黑夜裡藏著，偷聽了我的話？」陽臺下彷彿也聽見羅密歐的沉醉聲音：「哦，幸福，幸福的夜晚，我怕，因為是夜晚，一切都是個夢，太順意，太甜蜜，不像是真的了。」

到了參觀茱麗葉的家中實景時，全團都消失不見，他們趕赴但丁故居去了，只有我們家三人買了參觀券，進去參觀十四世紀茱麗葉的家居生活，傢俱陳設，客廳、休閒起居室、書房、臥室、茱麗葉當初睡過的大床、陽臺以及她父母和僕人們的房間。每扇窗戶的古老窗景，我們都逐一領略。豪門貴族、深宅大院的幽閉之苦，也彷彿可以想見。

臨別，似乎聽見羅密歐的聲音幽幽地飄來：「看，她悄悄把手托著她的臉！噯！為什麼我不是那手上的手套，就輕輕靠著她的臉！」

# 新興澳洲

# 澳洲的震撼

辛苦了一學期，炎炎暑假，漫長的兩個月，總得獎賞自己和家人一下，度個愉快、短暫而又夢幻的假期吧？翻遍報紙，由於歐元、英磅大漲，許多充滿古蹟的歐洲大國，想一去再去的地方，團費都漲得離譜，一面打消了舊地重遊的念頭，一面慶幸自己曾經在低價時代參團旅遊過，算是「賺」到了美好的回憶，「賺」到了一刻值千金的有限人生時光。

再看看其他地區，不是去過了，就是興致不高。廷兒見我日日翻遍報紙上的旅遊廣告煞費心思，有一天，忽地建議：「媽！妳沒去過澳洲，那邊正是冬天，又是旅遊淡季，妳既怕熱，就去避避暑吧！涼快幾天，看看不同的風土人情也不錯啊！」感謝兒子的建議，外子的配合作伴，婕兒更貼心地一路照顧，她既出力拖行李，出關入關的嚴格檢查、購物詢問等都擔任了貼身保鑣和最佳翻譯的任務，又是外交高手，和領隊、司機、團員以及澳洲當地人的接觸溝通，都有加分效果，使我們的「澳洲八日遊」完美到極致！

這一次我們幸運地遇到一位澳洲專家領隊兼導遊，曾榮獲澳洲政府頒發「金無尾熊獎」的林榮煜先生，他父母移民澳洲，他在澳洲留學，又有十多年導遊經驗，加上學識淵博，為人認真負責，談吐幽默，予人極佳好感，我給他評分一百分！團員除我們家三人，另一家張老師夫婦帶著小兒子三人，外加一位商界女董事長，一共七人，是我參團旅遊最「迷你」的一團。團員個個溫良又優秀。張世勇老師是教育視、聽障礙和腦性麻痺學生的專業老師，夫人是安親班老闆，七歲的小兒子非常乖巧懂事，不哭不鬧，小小年紀卻很會享受旅遊的樂趣。至於葉女士事業做得成功，人卻十分謙虛低調，因此，領隊林先生非常厚愛本團，熱情與尊重的表情時時洋溢在他的笑容裡。

二〇〇七年七月八日，我們搭乘新加坡航空公司的新型客機波音七七七經新加坡轉機，飛往澳洲的布里斯班。第一次搭乘波音七七七（以前遠距離飛航都乘波音七四七），那種寬敞舒適和較為平穩寧靜的感覺真好。新航空姐美麗高雅又親切，飛機上的餐食比許多航空公司要豐盛一倍以上，這點絕不誇大。新加坡機場大而美，商店街生意興隆，小國卻有大國氣派，人造的室內小橋流水、池中錦鯉悠游來去，假山上種滿各色蘭花，鮮麗奪目；回程時尚有小型樂隊表演，吸引了無數枯坐無聊的轉機旅客，有人隨之翩翩起舞，真是嘆為觀止。新加坡這個比新北市還小的國家，我雖未入其國境，就敏銳地覺察到他們的強大競爭力了。我國可要力爭上游了！

## 初見澳洲

七月九日上午我們先抵澳洲大陸的布里斯班（第三大城市），再轉搭澳洲國內班機飛行約七十分鐘抵達澳洲第一大城市——雪梨。澳洲的首都竟然不是這人口超過五百萬的第一大城，也並不是人口超過四百萬的第二大城墨爾本，而是介於兩城中間稍近雪梨的坎培拉。目前坎培拉是首都，全國行政中樞，但據說卻缺乏觀光價值。原來雪梨和墨爾本兩座美麗的城市在一九〇一年澳洲獨立建國、脫離英國長達

從空中俯瞰雪梨全景。

一百二十年的統治後，互相爭取首都地位。雪梨早於一七八八年建城，人口又多，與墨爾本相距九百餘公里，兩城相爭投票的結果誰都沒贏，於是決定建新城坎培拉為首都，坎培拉距雪梨近一點，距墨爾本稍遠，於是墨爾本人民又不服氣，政府只好妥協，在新都未建好之前，先讓墨爾本代理首都，於是這個新興國家才解決了獨立後第一個大難題。如今新的國度澳大利亞共分六個州，六州平等相待。

雪梨歌劇院。

往昔我一直不太想去澳洲旅遊，因為當我去過北歐四國：丹麥、挪威、芬蘭和瑞典，遍覽大山大水、大洋和無數可愛的島嶼以及古老的森林、鄉村童話、精緻而先進的現代科技文化，最理想的社會制度和福利制度後，再去紐西蘭旅遊，那些奇山淨水，冰河草原似乎一切都被北歐比下去了。北歐大而美，紐西蘭小而美，看過北歐，紐西蘭似乎白去了一趟。一般人說澳洲還比不上紐西蘭美，所以此次旅澳之行，事先也未搜尋資料，也未向親友問訊，只抱著一顆避暑尋冬兼度假之心，便一通電話打給旅行社，隨即決定報名參加。可是卻萬萬想不

新式建築令人瞠目結舌！

到澳洲，這個比臺灣大二一七倍的國家，歷史僅有兩百多年，建國僅百年的新興國家，在我匆匆走過雪梨和墨爾本兩座大城後，驚嘆、讚美之聲喃喃不絕，敬佩、欽羨之情由心底深處瞬間爆發，這親眼所見、親耳所聞、身心與這片土地六天內（飛機來回占去兩天）的邂逅，大大地震撼了我！澳大利亞，妳是新興的泱泱大國，健全的民主制度，沃野千里的丘陵牧草，擁有全世界最多的牛羊（聽說羊隻最多時曾有一億隻的紀錄），也是全世界牛羊肉品最大的出口國家，我從小飲用的克寧奶粉、紅牛奶粉、ＯＡＫ奶粉都在此處生產，而且克寧奶粉已有八十年歷史之久。這兒城市裡充滿英國維多利亞式建築，鄉村郊外丘陵起伏，平原遼闊，綠草如茵。環保做得極佳，沒一處髒亂，公廁清潔到你不能想像的地步。處處的水龍頭都有冷水、熱水兩個，生水可直接飲用，在冬天熱水可隨時洗個暖暖的手，走過許多國家，還沒見過公廁像自家浴室，冷熱水齊備，衛生紙大捲裝設到不虞匱乏的地步。

人民彬彬有禮，笑容可掬，從前有種族歧視、排華之舉，近幾年來，也自認屬於亞洲地區（臺北與雪梨時差僅兩個小時），因此大量開放亞洲移民，造成華人一波波的移民熱潮，如今比臺灣大二一七倍的澳大利亞，人口僅僅兩千一百萬，比臺灣還少呢。近年來澳洲經濟成長突飛猛進，早年臺灣人移民所買的房屋莫不上漲四、五倍。政府獎勵生育，生一個寶寶政府給相當於臺幣二十多萬元的補助費。領隊先生的父母退休後的老人年金，每個月可領相當於四萬元臺幣。我們曾去澳洲小鎮上一家社區餐廳用午餐，菜色豐盛如我們五星級餐廳的自助餐，一般人大約花費四百元臺幣，而社區中老年人不必煮飯，只需半價兩百元，便可享用數十種肉類、蔬果、麵包和濃湯，當然還有甜點和冰淇淋。

當年英國庫克船長發現了澳洲和紐西蘭。英國統治澳洲長達一百二十年，他們把這兒的政府制度、學校教育、城市建築、海港美化都做得盡善盡美，我非常喜歡英國的自由民主和人文素養，難怪我也如此地迷戀著澳洲。

# 夢幻般的美麗城市——雪梨

雪梨，英國人於一七八八年建城，就因為這塊土地位置極佳。她位於澳洲大陸東南邊的港口，附近的大海就是太平洋，這座港口不僅大而美，而且是重要農產品如牛肉、羊毛等的輸出口和其他貨物的輸入口，她的重要性有如美國的紐約、中國的上海和英國的倫敦。因為這三年來，政府政策的胸襟大開，湧進大量的亞洲和南亞地區的非白人移民，造成經濟大幅成長，人口也激增至五百萬，占全國總人口的四分之一，實在具有非凡的魅力。

提到雪梨，大多數人會瞬間想到「雪梨歌劇院」和橫跨在海灣上的大橋。每年元旦跨年晚會，全世界都要倒數計時，施放煙火迎接新年，雪梨是地球東邊第一個跨進元旦的大城市，因此，從電視上你總會首先看到雪梨大橋上的空中煙火和橋上如瀑布的萬馬奔騰煙火，璀璨得令人目眩神迷，而白色如貝殼的雪梨歌劇院，此時在彩色繽紛的煙火中，被染成紅、紫、藍、綠、白種種奇幻的顏色，整座歌劇院像一叢叢半開半合的貝殼，漂浮在藍寶石般的海面，真是世界上罕見的令人驚豔的畫面。

歌劇院與跨海大橋相去不遠，一剛一柔，一黑一白，相偎相襯，見證了世間的美好，有些是上帝創造的，有些則是藝術家創造的。

抵達雪梨的第一餐是導遊林先生帶我們去漁人碼頭吃海鮮大餐。海鮮的種類及美味不必細述，但我念念不忘的是那成群的海鷗，在港灣的天空及地面時而飛翔，時而散步，海風徐徐吹拂，在攝氏十二・三度的沁涼氣溫中，我嗅到了海洋的氣息、新鮮魚類微腥的氣息、海鷗的氣息以及自由與寧靜的港灣氣息，我喜歡這份涼意、這份悠閒、這突然湧上心頭的詩情畫意。

下午參觀雪梨歌劇院是最令人激賞的行程。七月八日最新公布的「世界七大奇觀」

雪梨大橋是每年跨年煙火第一個施放煙火的景點。

從遊艇上欣賞雪梨歌劇院。

票選活動，雪梨歌劇院不幸落選，我們七月九日來此參觀，算是安慰落選的澳洲奇觀，也同時對這美麗神奇的建築致上崇高的敬意。不過，今年（二〇〇七年）六月二十八日雪梨歌劇院已被聯合國列為世界文化遺產，早已大大提升了它的地位，尤其它是所有世界文明遺產中最年輕的一座，因為今年它才三十四歲呢！

雪梨歌劇院的誕生經過是：一九五七年一月由丹麥建築師約恩・烏尚設計，

這張設計圖被選中，是在一場設計競賽中公開評審脫穎而出的。原來開出來的經費是兩千萬澳幣，但往後一直因不足而追加，到完工時已耗資一億兩千萬澳幣了。這座雪梨歌劇院包括堅固的海邊基座，十幾個豎立起來的大貝殼外型，大大小小自然聚合又美觀，其中包括最大的歌劇院和稍小的音樂廳（也可容納兩千六百多位觀眾）。另外有靠海邊的咖啡晚宴餐廳，和最小貝殼內的頂級豪華餐廳。

雪梨歌劇院外觀的銀灰白色小瓷磚，遠自瑞典進口，造價昂貴，不需工人爬上去沖洗灰塵，只要天一下雨，便自然清洗得乾淨如新。另一大特徵是景觀玻璃窗設計，不論是售票大廳也好，戲劇廳或音樂廳、咖啡廳或餐廳，任何一條走廊與臺階旁的玻璃窗，都是由法國進口玻璃打造成四面八方可穿透視野，讓人可盡情欣賞雪梨市不同角度的碧海藍天，城市的高樓大廈，各港灣山丘上的豪宅建築，港灣內

雪梨歌劇院內部構造。

進進出出的風帆或豪華郵輪。我最最欣賞的是咖啡廳的設計，蜿蜒的、長長的咖啡廳瀕海雅座，隔著玻璃窗你會以為自己坐在一艘大船上，屋頂也一半有透明玻璃窗設計，你一邊喝咖啡一邊可恣意地欣賞大海與藍天，設計者的巧思堪稱巧奪天工！當天還有別的行程，否則我真想坐下來喝一杯悠閒難忘的咖啡呢！

歌劇院的內部梁柱、牆壁是用最細緻的水泥做成的，以手撫摸，細滑如中國的硯石。音樂廳的內部以最好的木料製成，木質地板、木椅、坐墊都是特殊材質，坐下去，身體移動一下都是寧靜無聲的，奇怪的是椅背不高，原來是為防止觀眾因太舒適而睡著了，萬一打起鼾來，影響全場音效。音樂廳有全世界最大的管風琴（有上萬根管筒），和名牌超大鋼琴，一批一批的參觀者都專注地聆聽解說員的詳細介紹。

至於首創者丹麥的約恩‧烏尚因為在建築過程中有些意見與經費問題和澳洲政府起了爭執，一怒之下返回丹麥，隱居於哥本哈根的鄉下，做個平凡的設計師，今年已八十八歲高齡。澳洲政府為感謝他的曠世貢獻，一請再請，他卻再也不回雪梨看看歌劇院完工後的樣子。真是一位桀傲不馴，風骨瀟灑的藝術家！

參觀完畢，婕兒立即自費購票請爸爸和我看一場兩天後上演的義大利歌劇「復仇者」，也順便可參觀平日不開放的戲劇廳。每張票價九十九元澳幣，可不便宜呢！

她說到了雪梨歌劇院不欣賞一場歌劇，豈不成為終身遺憾？我們認為頗有道理，也就依了她吧！後來親自觀賞、聆聽這場歌劇，無論是故事的張力、歌唱家的歌聲、舞臺布景、燈光效果，以及觀眾的一流水準，都令我們既是視覺震撼，又是心靈陶醉，能在「世界最新文化遺產」的雪梨歌劇院，不僅白天參觀了它的內外建築設計（現代人稱之為硬體），更在晚間實地欣賞一場新型現代的歌劇（現代人稱之為軟體），真可謂旅遊的享受已達極致了！又要感謝廷兒的建議「去澳洲看看吧！我來看守家園，並幫媽媽天天澆花！」使我玩得盡興而無後顧之憂。也感謝婕兒請我們欣賞這場義大利歌劇（演西班牙內戰中的吉普賽一家人的愛情悲劇故事），使我們對雪梨歌劇院有了更深刻的認識。

第二天我們去雪梨近郊的藍山國家公園。第三天重回雪梨，除了晚上看歌劇外，整個白天，領隊林先生帶我們參觀市區內各個景點，包括雪梨著名的邦黛海灘，乘遊艇欣賞雪梨港灣，搭乘高架單軌電車環遊市區一圈，以及參觀被譽為全球最美的購物中心——維多利亞建築形式的百貨公司，在這兒我買了典雅而美麗的純羊毛毛衣作為紀念，到了冬天既實穿而又使我懷念雪梨！

邦黛海灘有如在碧海藍天間鑲嵌了一灣淡金色的沙灘，由於南半球正值寒冬，海風極為冷冽，儘管陽光燦爛，景色優美，仍是空蕩蕩，沙灘上杳無人踪。澳洲是世界第一批訓練救生員的地方，海灘旁尚有訓練總館。林先生又教我們認識一種特殊的樹，名叫山茂樫，淡黃色的花朵活像一把奶瓶刷，它的果實又像海參，真是行萬里路猶讀萬卷書。

雪梨市區沿港灣的房子景觀最美，視野遼闊，凡從陽臺、窗內可看到歌劇院和大鐵橋的港灣景緻的房價都特別高，聽說妮可・基嫚和羅素・克洛的豪宅都在此區。這兩位當紅的好萊塢影星都是澳洲人的驕傲，還有我極欣賞的女影星葛瑞絲・派諾許和梅爾・吉勃遜也是澳洲人呢！

市區內百年以上的建築都是英國維多利

雪梨的邦黛海灘美麗夢幻。

亞式的古典迷人房屋，配合著最新式的高樓大廈，並不突兀，建築物隨著丘陵地起起伏伏，潔淨的街道和濃蔭翠綠的公園也是起伏如波浪，像極了英國的自然景觀，難怪我愛澳洲，因為我早先愛上了英國。如果澳洲有古堡、皇宮的話，相信我會早於十年前就來此一遊，但這新興的國家進步之神速，處處讓我讚嘆，時時令我賞心悅目。我認為凡有英國人統治的國家或地區，大部分都比其他國家占領過的地區，進步較快，思想上也能真正了解自由和民主的真諦，人文藝術科技方面的素養也較優秀，香港和澳洲、紐西蘭都如此。至於印度的例外，我以為種姓制度和複雜的宗教信仰，使他們很難改變之故吧？

領隊林先生說澳洲是全世界牛肉、羊毛最大的輸出國，到了澳洲我品嘗到了大塊厚且嫩的牛排（可惜我只吃得下三分之一），畢生最難忘的頂級小羊排（四塊全吃下肚），以及龍蝦海鮮等名產，還有，還有一道最最令人驚奇而美味可口的神祕菜餚，但是，佛曰：「不可說！不可說！」

# 藍山國家公園

我們在雪梨的三天中，前兩天住在藍山國家公園內的一家名叫「菲爾莫度假飯店」（五星級），第三夜住市區中心徒步區名店街上的五星級飯店，住得很滿意。藍山國家公園位於雪梨郊區，車程近兩小時，這座藍山山脈綿延澳洲東部，全長一千餘公里，高度一千多公尺，不算高，但卻夠長。澳洲正值寒冬，晝短夜長，下午四、五點鐘即已是黃昏時分，遠眺遠處山脈，真的是一長條灰藍色光彩，頗有三分夢幻、七分真實的感覺。這藍山並非我們常喝的藍山咖啡的藍山，因為產咖啡的藍山遠在中美洲的牙買加呢！

接近藍山，風景愈來愈美，奇花異木，令人驚豔！如果形容雪梨的美，可用雍容華貴，具有女王氣勢之美，而形容藍山之美，則如清純仙女，具有縹緲仙境的感覺。不錯，我們的確是走進了澳洲的世外桃源，這種風景是古代陶淵明無法想像到的。在雪梨市區，我們認識的是雪梨歌劇院、雪梨大橋、漁人碼頭、喬治路、金融街、伊莉莎白街、海德公園、聖瑪利亞教堂、圖書館、皇家植物園等等都市景觀，順便一提的是雪梨市非常大，從東到西八十公里，從南到北一百公里，足足容納了五百萬人，幾乎占全國的四分之一人口。

而藍山國家公園沿途可以看見澳大利亞的國花——金合歡，開滿了金黃色聚生的花朵，因此澳國的運動服是金黃色配綠色的。時值嚴冬，北半球早已謝掉的各類茶花、各色櫻花、木蘭花以及一種像紅色蠟燭的火紅色不知名的花叢，在此都正盛開著，在車上還望見幾株鮮豔如紅玫瑰的大樹，整株樹長在青翠欲滴的森林中，嬌美傲慢的姿態，幾乎把所有的花木都比了下去。天哪！這是什麼樹呢？想問問別人，但迷你小團的另外七個人都累得昏睡過去（包括導遊），此等美景也只有我這超人（超愛旅行的人）來獨享了！

七月九日晚間，在九度至二度的氣溫變化下，我們的迷你小團包括領隊、司機、團員，一共九人走進藍山一家極為奢華、布置典雅、占地極遼闊的菲爾莫度假飯店，走廊有雕鏤的木造牆壁、A字形木造的屋頂、木造的地板、華麗的燈飾，引領我們走進寬敞而溫暖的木造大廳，大大小小的聖誕樹裝飾得像歐美各國過聖誕節的樣子。到了十二月歐美各國過聖誕節時，澳洲卻是夏天，在四十度左右的高溫氣候中，據說他們還照樣慶祝聖誕節，喜歡過聖誕節的人不妨去澳洲住住，因為一年會過兩次聖誕節，真是懂得享受人生呢！

酒吧間裡，壁爐中燃燒著厚實木塊，火光熊熊，吧臺環繞著溫暖的壁爐，許多人在飲酒聊天聽音樂，對我們這群從夏日三十五度至三十八度間臺灣來的天外旅客而言，還真是懷疑上帝創造的地球太有趣了，北半球與南半球的差異實在太大，也太詭異了吧？昨天登機前還單衣薄衫大汗淋漓，而在澳洲睡的第一覺，據說室外居然冷到零度。這一夜的溫馨好眠，補足了轉機遠行的疲勞，這家五星級飯店究竟有多麼華美，且待明日醒來再欣賞吧！

清晨六點多，我提早一小時起床，掀開窗簾，看看度假飯店的窗景，窗外是一大片微微隆起的坡地，地上青翠柔軟如地毯的草地閃耀著露珠兒，遠處每一株樹都極為高大，未經修剪，自由自在地把樹梢伸向天空；藍天純淨無比，白雲隨著冬日亮麗的陽光變化著不同的色彩，啊！藍山的窗景美得像名畫一般。忽然有兩名早起散步的遊客悠閒地走進畫裡，那情景直教人讚嘆，我慶幸欣賞到這幅早晨生動而又詩意的畫面。

由於早起的緣故，我得以各處走走，欣賞這家著名的旅舍各處的設備、布置，甚至仔細欣賞牆上的數十面獎狀和大大小小的油畫。西方國家的房屋設計，除了外觀美外，尤其重視窗景設計，這兒從走廊、休憩室、門廊、屋頂處處都由木料、鋼筋水泥和玻璃合製而成，以致於室內室外，處處可見藍天和綠野，使人心曠神怡，陶然忘我。早餐豐盛而華麗，使你有置身於某個電影中的豪華宴會的感覺。其實，旅遊所追求的就是這種似真似幻，幸福感、快樂感湧上心頭，時時會反問自己：我見到的是真實人生？抑或正做著愉快的夢？這種感覺就是一百分！也就是沒浪費生活中節省下來的血汗錢——作為昂貴的旅費。

到澳洲一定會看動物。澳洲的動物有一千多種，特有的動物約三百多種。動物園裡最吸引人的前兩名，應屬可愛的

近距離欣賞袋鼠。

小朋友兩隻手上都站著鸚鵡。

雪梨動物園中的可愛無尾熊。

動物無尾熊和袋鼠。其次有彩色鸚鵡、袋熊、鴯鶓、食火雞、獵狗（一種澳洲野狗）、針鼴、大蝙蝠、孔雀和海邊被保護而自由生活的小品種企鵝等等。

據說袋鼠有十七種，而無尾熊只有一種，牠們在地球上生存了一千多萬年歷史。這兩種動物都是胎生的哺乳類動物。袋鼠懷孕一個月就生產，小袋鼠生出來時身體非常小，小如豆類，牠必須爬到約有七十度高的母袋鼠胸前的育兒袋裡生活，因為袋內有個乳頭，小袋鼠在袋內成長半年後，才逐漸成形，跳出母袋過獨立生活。無尾熊幼兒期必須爬在母親背上生活半年。小無尾熊有一星期斷奶週，母親會先餵食小寶寶一坨自己的大便，因為其中有細菌，故意傳給小寶寶，使牠可抵抗樹葉中的病毒。尤加利樹葉是無尾熊的最愛，其次是針葉麻黃的葉子（據說尤加利樹葉有毒，可致命）。無尾熊只愛吃尤加利樹的嫩葉，每株樹上只住一隻無尾熊，牠們是標準的單親家族。牠們的視力不好，憑嗅覺於夜間覓食，牙齒也不好，每晚必花上三個小時吃樹葉，然後睡個長達十六至十八小時的長覺，才能補充牠們營養之不足。

動物園的管理員極其友善，他們會把無尾熊抱出來讓觀眾近距離認識牠們，並且准許遊客與其合照。另外有一種比無尾熊稍肥胖的袋熊，也由管理員抱在懷中讓遊客與其合影留念。至於袋鼠則在園內一區，自由自在地享受兒童們餵牠們的麵包、餅乾，絲毫不畏怯的樣子。母袋鼠育兒袋內小袋鼠時而探出頭來張望，時而藏進袋內，而卻忘記還有一隻腳懸掛在袋外，晃呀晃的，更令人忍不住要笑！

鸚鵡會向遊客說「哈囉」；美麗的孔雀在園內昂首挺胸地散步；兇猛的澳洲野狗在鐵柵內走來走去，一雙怒目，煞是嚇人。聽說澳洲還有一種絕跡的動物，名叫袋狼，目前雪梨博物館中尚收藏著一八六〇年製成的兩隻袋狼標本。

在澳洲的南部，有一座島嶼，比臺灣還大一・八倍，名叫「塔斯馬尼亞島」，人口僅二十萬。此島政府已列為不可開發地區，以保留地球上最珍貴的原始生態區域。島上從前有大量的袋狼，牠們前肢發達，後肢強而有力，腰細，腹部有袋，身上有斑紋。自從澳洲移民砍伐森林部分地區放牧羊群後，發覺這些袋狼就專愛吃羊，牧羊人視之如天敵，一見就獵殺，直到一九三五年袋狼絕種，政府才後悔沒有加以保護及拯救。至今仍時而傳出有人看到袋狼，但沒人拍攝到清楚的照片，可信度不足。一九七八年，一位動物學家在清晨三點的營火前，看見三公尺外站著一隻袋狼，當時他驚喜莫名，回頭去帳棚裡拿照相機，準備拍照存證，但轉身後旋即失去袋狼的踪影，袋狼的滅絕與否遂成為謎團，據說被列為澳洲十大謎團之一。若是袋狼沒有滅絕，澳洲如今又可多看到一種有袋類的稀有動物了，澳洲人真悔恨沒提早保育動物的行動。

在藍山國家公園旅遊的最後一個景點就是搭乘纜車欣賞藍山美景。遊藍山纜車，我原本預期和一般纜車一樣，先登山，再下山，隨意瀏覽一番藍山美景，及至坐上了三人一排長長一列的纜車後，想不到卻是先下山，而且幾乎是從八十或九十度的山崖邊垂直向下衝，當時正是薄暮時分，遊客甚少，這一班纜車行駛過後公司就下班了。我們十餘名乘客嚇得驚叫連連，可能回音會在山谷間迴盪。纜車不一會兒穿過山壁黝黑的隧道，更聽得眾人尖叫聲、歡笑聲不絕於耳，我畢生未坐過雲霄飛車，這藍山下衝式的纜車真不比雲霄飛車遜色，可用令人驚恐刺激到極致來形容了。下得纜車，沿著瞭望臺、木製步道欣賞著著名的「三姐妹岩」、遠處夕陽下藍藍的山，以及步道旁邊的古老煤礦坑的坑洞口、礦工工作塑像、早年運煤的馬車和煤車，原來登山纜車就是利用早年載運煤礦工人和煤炭的舊軌道修築而成。昔日煤礦工人的勞苦足跡，澳洲政府巧妙地將其轉換為觀光資源，真的太聰明了。上山時，回程的纜車寬敞得像一間約二十坪大的玻璃屋，階梯型的地面，每一臺階前都有牢固的扶手，防人跌倒，旅人站於其上又不會被前排的頭遮擋視線，真是安全又舒適，下山時緊張得令人幾乎嚇破膽，回程上山，又使人輕鬆自在，澳洲人真具幽默感呢！

著名的三姐妹岩。遠處的山真是藍色的山脈。

# 墨爾本的驚奇

暑假的澳洲八日遊，原本以為澳洲平淡無奇，只去增添人生的一番閱歷，長些行萬里路勝讀萬卷書的知識，誰知迷你小團七人在領隊林榮煜先生的帶領下，上至七十八歲的老人，下至七歲的小朋友都快樂得無以復加。雪梨，這美得如夢似幻般的城市，旅遊三天後，我心中滿意地說：「已值回票價了！」至於後三天的墨爾本行程，就更不寄予期望了，因為它畢竟是澳大利亞排名第二的大城呀！第二大城怎可與第一大城比擬？再愚笨的人也該知道吧？

想不到，我又猜錯了！原來墨爾本有她自己的特色，有她不同的魅力，我們又度過另一個景色與人文互異的三天，如今時隔三週後，回憶起來，又是一場美麗的邂逅，夢耶？真耶？若不是親自拍的照片為證，我百分之八十以為又做了一個奇妙的美夢！

由於在雪梨的最後一夜，我們去雪梨歌劇院欣賞了一場義大利歌劇，不僅劇情緊張曲折，歌劇「復仇者」的歌唱家的歌聲美妙，舞臺的布景有超乎常人想像的創造力，燈光效果極佳，歌劇院的內部音效和設備，甚至連觀眾都是世界一流的水準。散場後我們三人（外子、我和女兒）沿著歌劇院海邊散了一會兒步，再依依不捨地搭車回喬治街的五星級瑞士旅館，之後再打包行李，一夜只睡了三、四個小時的覺，早晨六點即起床，七點半就趕去機場，準備搭機去墨爾本。當飛機升空時，我拍下了雪梨港灣美麗的倩影，留下畢生難忘的雪梨印象，心中惦念遠在臺北看守家園的兒子，如果有幸再來雪梨一次，我必帶著兒子同遊。

雪梨飛墨爾本的國內航線，機上不供應食物和飲料，我們太疲倦了，起飛後立刻沉睡，一覺醒來已抵墨爾本機場，整整七十五分鐘的空中甜睡，竟是一覺九百公里，真是打破自己的小睡紀錄史！

## 瀏覽墨爾本市區

墨爾本市區雖不像雪梨沿著太平洋海灣修築，處處可以見到美麗海景，但卻有一條寬闊清澈的亞拉河蜿蜒寧靜地流過，墨爾本目前約有四百萬人口，然而就像亞拉河一樣寧靜，不見喧囂與雜亂，人們斯文有禮，守法守秩序，街景是與澳洲兩百年歷史相印證，老式的英國建築與現代玻璃帷幕大廈並存而不互相排斥。老建築維修

墨爾本聖派翠克大教堂內景。

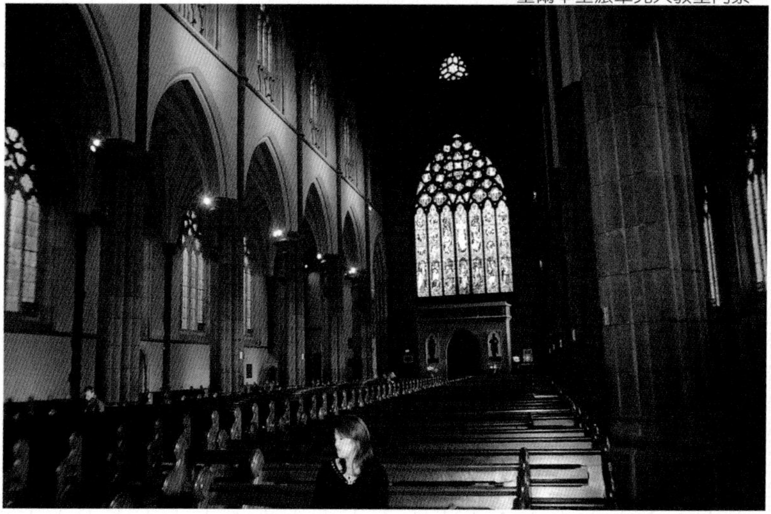

如新，一點也不減昔日風采，澳洲人正努力保護這些古蹟，相信五百年後，一千年後，將是後代子孫的驕傲，也是真正的觀光資源哪！

我們首先參觀墨爾本「聖派翠克大教堂」，這座教堂是哥德式的建築，規模之大遠遠超過我的想像，因為我曾參觀英國倫敦的西敏寺、法國巴黎的聖母院、德國科隆的科隆大教堂、義大利米蘭的大教堂、西班牙巴塞隆那的聖家族教堂（尚未完工）等等舉世聞名的大教堂，因此對於教堂的哥德式尖塔外觀、石材、雕塑、彩繪玻璃窗、神龕、講臺、會眾座位等等都不陌生，甚至內部建築構圖的地基作十字架形，也極熟悉。參觀聖派翠克大教堂，給予我的印象是英國文化根深柢固地植入了澳洲，難怪我總有回到英國的那年夏天（一九九五年）的幸福感覺。我們在教堂購物店內買了幾件紀念品，也算是旅客另一種形式的奉獻金。導遊林先生說：「這座教堂有一百多年的歷史了！」

現代人追求快速又比高的摩天樓建築工程，但我不喜歡這種追求速度、高度的建築，我寧願仔細欣賞這種慢工出細活的歐洲大教堂建築，猶記得科隆大教堂經歷七百年才完工，它凝聚了信徒一代又一代的虔敬上帝之心，有人出錢有人出力，藝術家們竭盡所能地奉獻畢生心力，那才令人感動！西班牙巴塞隆納的聖家族教堂，設計大師高第早已辭世，然而教堂拒絕政府補助，必須等待信徒們一點一滴的奉獻金，聚沙成塔得來不易的經費才繼續施工，這是多麼重要的人文思想和精神境界啊！比較起來，現代人是多麼重功利啊！總之，科技進步，財富累積，一日千里；文明倒退，心靈貧乏，也一日千里。能不使

聖派翠克大教堂美麗的彩繪玻璃。

人省思乎？

「菲卓利花園」有暖暖的花房，培養著奇花異卉，因為面積不大，看起來並不出色，倒是室外公園極為遼闊，時值寒冬（比臺北的冬天更冷），巨大的樹木大半凋零成枯樹，枯樹無葉，反而將所有的枝幹優雅地裸露出來，形成另一種單純的力與美，看枯樹枝枒伸向碧藍的天空，的確令人感受到大自然的威力，和樹木比人類更堅強的生命力，默默古木可以存活三千年，而人類活過一百歲並不多矣！由此可見一斑。

菲卓利花園內有一棟小小的英式紅磚

菲卓利花園內的奇花異樹。

菲卓利花園中從英國搬來的庫克船長的老家。

屋，遊客進去還得買門票，原來這棟小房屋意義非凡，那是發現澳洲和紐西蘭的庫克船長之家，當地人民為了感謝他、紀念他，居然將它一磚一瓦拆卸下來，從英國老家遠送到墨爾本，再將它重新組合永遠保存在這裡，真是一個美麗動人的奇蹟。我們平常搬家，總是帶走所有傢俱日用品，而放棄了房屋這個家的實體，留下的永遠是懷念老家的遺憾，看到庫克船長的搬家後，我覺得這才是真正徹底的搬家呢！

我們在市區內還搭乘一種具有百年歷史的雙軌電車，電車內有錄音沿途解說，這又是一項市區觀光的好方法。

參觀墨爾本美術館更是令人驚豔！美術館本身並不大，重要的是館內的收藏品極為精美，而且在歐美各國看不到，因為買主一買下名畫，便來到澳洲，從此永存於墨爾本。館內鎮館之寶，如林布蘭、梵谷、畢沙羅、莫內、馬內、畢卡索與莫迪利亞尼等人的名畫，你在別的美術館均看不到，因為這些都是世間唯一一幅的真跡。

墨爾本美術館內的美麗天花板。

另外，館內還收藏了許多歐洲各國古典名畫，十九至二十世紀的英國畫家作品，我尤其喜歡英國的少女人物畫像，當然還有現代畫作。那些油畫或大幅、或中幅、或小幅，都可近距離欣賞，沒有用繩子圍欄限制觀者近觀，甚至允許你照相，只要關閉閃光燈。館內管理員彬彬有禮，絲毫沒有「防賊」的眼神，因此，在墨爾本參觀美術館有充滿被信任和被尊重的感覺，這種感覺真有賓至如歸之感，我想，全世界的美術館都應向此館學習，因為我一向討厭驕傲的姿態和防賊的眼神。墨爾本美術館的確小而美，小而精，收藏著價值連城的名畫，卻謙虛和善得舉世無雙。

## 參觀亞拉河谷酒莊

七月九日，我們的七人迷你團最精彩的行程是到墨爾本鄉下去參觀「亞拉河谷酒莊」，之後去「丹迪農山脈國家公園」搭乘普芬森林蒸汽火車、欣賞並餵食彩色鸚鵡，夜幕低垂時到「菲利普島企鵝保護區」，欣賞企鵝從海中游泳歸來返回巢中景況。

車窗外的郊原美得真像「綠野仙踪」裡的世界，氣溫在七度至九度之間，青蔥的草地不長高高的雜草，而是整齊劃一的起伏綠茵，常綠樹和落葉樹交錯生長，郊外社區的民宅都很歐美化，冬季的花朵猶如春天般盛開。天氣也很像蘇格蘭愛丁堡的天氣，時而天朗氣清，白雲飄飄；時而陰霾籠罩，陽光躲藏；時而一場急雨，來勢洶洶；時而雨過天晴，天邊一彎彩虹，如此：晴、陰、雨又晴、陰、雨，變幻不停，使人彷彿走進一個非常清潔的世界，上帝特別命令天使們好好清洗這塊土地，永保這兒的清新空氣和無塵埃的煩惱。正陶醉時，想不到導遊說前一陣子澳洲久不下雨，還鬧旱災呢！我想，真的嗎？我為什麼如此幸運？

亞拉河谷酒莊終於到了。酒莊的建築是西班牙式的，而周圍的林園花圃美如詩畫，遠處一大片葡萄園，正值冬季枯萎休息期，只見低低矮矮一排排黑黑的葡萄架和枯藤，其餘全是高低起伏的青翠丘陵地，一直連接到天邊。參觀完了葡萄酒工廠，我們對釀酒的過程和先進的設備佩服不已。接著來到休憩的大廳，品嘗這兒的香檳酒。休憩大廳，其實就是酒商來品酒訂貨的接待室，這兒有兩面牆壁全用大片玻璃造成，形成視野最遼闊、最無障礙的無限大空間，我被這名畫般的美景迷住了，這是我最欣賞的一段行程，再加上每人一杯香檳酒，不知不覺地喝下去，竟忘了自己酒量之有限，片刻後眼也醉、心也醉、身也醉、走起路來飄飄欲仙，只差沒凌風飄飛了。

酒莊長廊窗景如詩如畫。

# 大洋路風光

在墨爾本的第二天，上午參觀完了亞拉河谷酒莊，中午經過公路旁一個社區，導遊林先生帶我們去一家規模甚大的西式自助餐廳用餐。當時客人幾乎滿座，幸好我們是迷你小團，終於找到了座位。這家餐廳食物新鮮又美味，豐富得不亞於五星級餐廳。澳洲人蔬菜生食，全是有機蔬菜，我放心地吃了若干種生菜沙拉。最美味的是燉牛肉、大紅豆、白魚和南瓜湯，在這裡幾乎每餐都喝到我最喜歡的熱氣騰騰的南瓜湯，因此，這趟旅行無論是視覺、聽覺、味覺、心靈上都享受到了最高點。

後來從導遊先生口中得知，普通人一餐花費約合臺幣四百元左右，而老年人則減半，兩百元即可吃到各種美味又營養豐富的美食，老人家也不必自己做飯，真是莫大的德政，難怪生意如此興隆，因為餐廳開對了地點，政府也獎勵有功。

我們終於趕上了下午兩點二十分的、位於丹迪農山脈國家公園末班的火車——普芬森林蒸汽火車。這位於高山的蒸汽火車，於一九〇〇年十二月十八日通車，距墨爾本市區四十一公里，是澳大利亞唯一有湯瑪士火車頭的火車。火車穿梭在原始林般的高山上，可以觀賞到許多種罕見植物，當列車經過山谷間的木橋時，畫面更美更壯觀，畢生未曾搭乘過如此美麗又古老的蒸汽火車，霎時有時光倒流，回到二十世紀初的感覺，真欽佩他們能把一百歲以上的老火車維修得如此好，讓世人都能來實地體驗一番。至於欣賞彩色鸚鵡和小企鵝從海上返回沙灘邊草叢中的巢穴等奇觀，在此不一一敘述。倒是「大洋路」美景值得向讀者介紹。

在澳洲之遊的最後一天，我們的旅行團從墨爾本駛出市區，開始欣賞墨爾本以西的郊野風光，全程有二一〇公里，先走高速公路再走編號一〇〇的大洋路，這一路下來就到了澳洲大陸的最南

墨爾本古老的蒸汽火車已百年以上了！

大洋路邊鄉村小徑。

端，如果天氣好，據說飛行兩小時可到達南極。

　　離開墨爾本市區後，經過一座大橋，從橋上可清晰地見到亞拉河河水將市區一分為二，城市一半為商業、居家用區，另一半為工業區，二者並存而無汙染。導遊說他們注重汙水處理，無論是大河、小溪，都禁止釣魚，以免汙染了河水。難怪我覺得雪梨、墨爾本同樣的清新無汙染，處處碧草如茵，有如冬天裡的春天。六天行程，我幾乎看不見一處髒亂和垃圾，這對於一座人口五百萬、另一座人口四百萬的城市是一件了不起的成就，代表著該國人民的素質好、教養好。

　　大洋路的左右兩側，先是見到許多汽車廠，福特公司在此設廠數十年，還有許多二手車市場，據說要什麼車都有，甚至連挖土機都可買到。接著眼前出現了遼闊的丘陵地，高低起伏的青翠草原，視覺的享受到了極致，因為我無法形容那草原的翠綠和藍天白雲之美，多麼令人心曠神怡，天與地自然的結合，人在其間何其渺小，這美景即使世上最偉大的畫家也畫不出它的神韻和變幻莫測的風采來！這無限遼闊的草原上有數不清的牛羊在其間悠閒地啃食嫩草。澳洲是牛肉、羊毛的世界第一大出口國，羊隻最多時曾超過一億隻。克寧奶粉舉世聞名，它的工廠即在此區，已有八十多年歷史。沿途風光明媚，遊客罕見，偶爾可見大型牛奶車呼嘯而過，其盛奶的不銹鋼容器大如咱們的油罐車，真是嘆為

大洋路旁可愛的小房屋和時鐘。

奇觀！

逐漸地，大洋路延伸到海邊，面臨的是巴斯海峽。這兒的公路沿大海而修築，沒有咱們的蘇花公路驚險，因為大洋路和海岸始終保持著一段極安全的距離。這兒的海岸和海洋之間露出的是褐黃色的石灰岩地形，因此，在陸地與碧海之間形成許多美麗又雄壯的懸崖，褐黃色的石灰岩中含有許多貝殼，足見這塊陸地原本屬於海底。土質非常鬆軟，容易崩塌，第一個美景「倫敦橋」便是如此形成的。

澳洲政府為防止海岸土地流失，特別在海邊種滿多種富含水分的低矮小草，既防風沙又可減緩泥土崩塌流失。穿過這片低矮的雜草，就可走上木製的觀景走廊和觀

大洋路海岸多懸崖。

大洋路的天然美景倫敦橋已斷裂。

景臺，木料堅固又美觀，顯見政府用心又有眼光。

當第一景倫敦橋呈現眼前時，那景觀之美真是震懾視覺。只見天然伸出海上的岩橋，成為一座巨大的斷橋，橋下有天然洞穴，與人工橋洞神似，海水在橋洞內搖盪，斷橋的斷裂處彷彿尚有痕跡。原來岸與橋連為一體，不知歷經多少悠悠歲月，卻在一九九〇年一月十五日那天「轟」地一聲，海浪冲斷了美麗的倫敦橋，遂形成如今殘缺美的奇景。我們急忙問：「當時橋上有遊客嗎？」因為事發至今不過十七年餘，導遊是專家應該會知道。導遊很高興地回答：「問得好！當時橋上有一對情侶正在欣賞美景，忽聽背後一陣巨響，嚇得魂飛魄散，驚定神回後發現他們已面臨斷橋危機，回不了陸地，……」我們被故事所吸引，「他們是如何回到岸上的？」「幸好……幸好……岸上有人，否則就麻煩大了！」因為地處荒涼，到處都是無垠的牧場，罕見人踪，我們不禁替故事中的情侶擔心起來。導遊眉飛色舞地補充說：「他們向岸上的人大聲呼救，岸上的人通知警方，警方用直升機把他們營救出來。當天晚報、電視都以頭條新聞播報，但是，這一對情侶都躲避媒體的採訪……」導遊愈講愈神祕，故意停了幾秒鐘，才說：「原來他們是婚外情，男的是有婦之夫，女的是有夫之婦……」還真是造化弄人呀！倫敦橋竟創造了這麼浪漫又諷刺的愛情故事！

第二個大洋路的景點是「阿德胡號沉船峽谷」。這兒有個峽谷海灣，附近海底有暗礁，是個表面風光壯麗，但卻暗藏凶險的海灣。澳洲於一八八〇年舉辦過世界博覽會，有一艘船名叫「阿德胡號」遠從英國航行來參加世界博覽會，提早於一八七八年來澳洲，當時船已接近港灣，青翠的新大陸已在眼前，全船的人莫不欣喜慶賀，就在此時，又是一聲轟然巨響，這艘船觸到了海底暗礁，就很快地下沉，全船五十四人，不幸地有五十二人罹難，當時海上沒有任何船隻，岸上沒有任何一個人可以救援他們。悲劇發生時，有一名學徒船員名叫湯姆・皮爾斯，另一位女性

大洋路的阿德胡號沉船峽谷。

伊娃・哈爾麥克，抱緊了漂浮物，隨著海浪被沖進了峽谷沙灘，得以大難不死。當天夜晚，兩人分別住宿在兩個山洞裡，那時民風保守，伊娃又是有名家族後代，她的全家八口，包括父母兄弟們全罹難了，只有伊娃一人存活。

到了第二天天亮後，勇敢的湯姆奮力攀爬懸崖，登上陸地後，獨自走了好幾小時，才沿著足跡找到居民，向他們求救，伊娃和湯姆遂幸運地獲救。我們迷你小團又好奇地問導遊：「後來呢？湯姆有沒有娶伊娃？」真實的英雄救美人故事，何況男未婚，女未嫁，想必有個悲慘而又浪漫的結局吧？

林導遊先生說：「真實故事未必像小說

那麼浪漫，伊娃後來重返愛爾蘭故鄉依親，結婚生子（有三名子女），安享晚年，活到很老很老；湯姆則留在澳洲，成為英雄人物，二十歲就當上船長，英國女王曾頒獎給他，他往後一生中還遇到兩次船難，均大難不死，上帝真是厚愛他。他也結婚生子，有一個女兒乘船往德國途中，不幸罹難，使他悲感莫名，又是一個造化弄人的故事。湯姆只活到五十多歲！」

聽完沉船故事，我們百感交集，生命是如此地勇敢卻又脆弱。我們沿著崖邊臺階，抓住扶手，走進沉船故事發生時，兩名倖存者曾經獲救的峽谷，遠遠地參觀了他們藏身夜宿的洞穴，這樣悲壯而又感人的故事，與實地印證，真令人畢生難忘。

第三個景點是「十二門徒岩」，那是有大大小小十二座岩石分立於崖邊海上，恍若十二座雕像，有人為此景命名為「十二門徒岩」，景觀亦奇特而壯麗。大洋路的美景，必須花一整天時間方可欣賞完，這是此次旅行值得一記的難忘印象。

大洋路的十二門徒岩。

# 古典神州

# 山東、山西古蹟之旅

今年暑假，本校藍秀隆教授設計了一次專門參觀山東、山西兩省的古蹟為主的旅行團，真正是個知性之旅。十六天的行程非常緊湊，彷彿以急行軍的速度由東向西轉南，遊經山東省的青島、濰坊、淄博、濟南、泰山和曲阜，時間一共七天。第八天搭飛機至北京，再轉旅行巴士到山西大同，接下來的行程是由山西省北方的大同向南行，經過恆山、五臺山、太原、平遙古城、介休、臨汾、轉向西邊的吉縣、壺口瀑布為止，再折回太原，最後一天經香港轉機返臺。

一群好友們從中年旅行直到老年，深感體力已大不如十餘年前，真是活到老、玩到老、行萬里路如讀萬卷書，人生閱歷的豐富一年勝過一年，心靈境界也達到無限寬闊的地步，更覺生命如此珍貴而美好；知性之旅對教育工作者而言，真正是無可比擬的嶄新課程，這是一般書籍、電視、電影、幻燈片、圖表所無法呈現或取代的。旅行知識，似乎可由你的呼吸、視覺、觸覺、味覺、聽覺、嗅覺去直接萃取的。

## 氣候宜人的青島

二〇〇四年七月六日下午，我們的旅行團抵達了山東青島，是日，大家清晨四點就起床，五點半在校門口集合，開始漫長的搭機、轉機過程，抵達青島時早已疲累不堪，但十餘小時的折騰，在抵達涼爽宜人的海港都市、美麗清潔的青島時，彷彿一切的辛勞都值得了！哪裡知道此後的行程，卻愈走愈遠，愈走愈勞累呢！

青島的五星級「匯泉王朝大酒店」，位於黃海海灣邊，窗景極佳，窗前有淡金色柔軟的新月形沙灘，左右盡是紅瓦綠樹宜人的景致，黃海近在眼前直望到天際線，此時方知：黃海並非黃色，卻是澄澈的碧藍。這番

青島月牙形的美麗海灘。

美景真是頂級享受，兩個清晨、兩個黃昏，沙灘近在咫尺，海洋靜臥眼前，靜坐窗前的時間雖然不長，但亦足以永銘心底。在細柔的沙灘散步，自己也變成了別人眼中的風景。

青島市最早被德國人占領過，因此市區內老城區以「紅瓦綠樹、藍天碧海」聞名，其中尤以「八大關」區最為有名，各國大使早期均住於此，家家都是花園洋房，如今早已收回，作為高級別墅休閒旅館之用。走到老城區彷彿走入歐洲某城某鎮，林木參天，花圃、草坪、歐式洋樓，極具異國情調。新城區則為適應人口暴增，一幢幢的高樓大廈拔地而起，建築式樣爭奇鬥豔，其中以具有海景的大廈或別墅最為名貴。

青島新城區的五四廣場。

新城區內有一座面積極大的「五四廣場」，廣場中央修建了一座象徵著二〇〇八年奧運的紅色火炬（抽象造型），因為帆船賽將在此處海灣舉行，青島人早已在熱切地盼望著。青島市區有一座小魚山，山不高，但景美，擁有一座「小魚山公園」，山頂建了一座古典的小塔，塔上塔下都可以清晰地觀覽全青島的市容和美麗清秀的黃海海灣。青島市氣候宜人，縱使是炎夏季節，那兒卻還涼風拂拂，繡球花、玫瑰花盛開，簡直是臺灣的春天哩！

「棧橋」是青島城市的商標。早年是一座長長的木板橋直伸到海裡去，如今修築成一條鋼筋水泥大道，兩旁有鋼索護欄，有造型不俗的路燈，遊人如織，安全無虞，一直散步到極遠的「迴瀾閣」飽覽海景之美而返。三年前曾來過青島，那一次每人曾出三十元人民幣，全團觀賞青島夜景，青島白天美，夜景更美，如音樂廳、跑馬場、公園、海濱滿是霓虹燈、滿是人；海岸步道既寬廣又美麗，有石柱、浮雕，充

青島七月猶自盛開的繡球花。

滿青島典故。其實青島在一一三年前只是一個小小的青島村，一八九一年從登州府來了一位張將軍，帶了四個雲南營的兵力來防守這個三面環海的半島村落，此後逐漸形成都市。後來德國人占領她、修建她；一九一四年日本又打敗德國，再次占領她，都是看中了她的地理位置的重要性。面積一〇六五四平方公里，如今人口三百餘萬，是個依山而建的半島城市；冬天氣溫在零度至十度之間，夏天不超過二十五度，又是個形勢險要的優良不凍港。城市依山而建，有「東方的瑞士」之稱。古城區有歐洲風格，有十大名建築是德式的，至今基督教、天主教徒都多。新城區可算是臺灣區，風貌極似臺灣，共有三九六條路，以中國地名為路名，上次住在臺灣區，看見「高雄路」，又住在「臺北路」的五星級「麗晶大飯店」，真是不可思議地有趣呢！

此次行程又多了一個必須乘小船渡海去觀光的「小青島」。小青島上有小山，山頂有一座白色的燈塔，它照亮了暗夜中的船隻，引領它們回到港灣的溫暖懷抱。小青島有美麗的花園，裸女拉琴雕像，迴環的小山丘，林木青蔥，且可近觀海軍戰艦的英姿，真是柔中見剛，剛中見到力與美的混合感受。大青島可愛，小青島也迷你得可愛！

青島的老城區「八大關」令近代許多文人雅士迷戀不已，文學家聞一多、梁實秋、巴金、蕭軍、蕭紅都曾在這裡住過；老舍雖窮，也在這裡寫完〈駱駝祥子〉；康有為讚美此地有：「紅瓦、綠樹、碧海、藍天，決定死後葬在這裡。」「八大關」真是地靈人傑，稱得上是天也有情，海也有情，人亦有情的風水寶地呀！

另一個風水寶地便是「嶗山風景區」。沿著青島的黃海海灣向北行駛，大約三、四十分鐘的車程，一面觀山一面觀海，海岸怪石嶙峋，有「青蟾讓月」、「八大河」、「碧海仙居」等奇景。不久一座奇山呈現眼前：山脊上裸露著層層疊疊的怪石，山坡下佳木濃鬱成蔭，「嶗山太清宮」清幽的勝境令

嶗山不高但多怪石。

人欣然奔赴，急於尋幽探訪一番。其實嶗山面積三二八平方公里，最高處一一三三公尺（陽明山七星山最高處一一二〇公尺），真是山不在高，有仙則靈。嶗山是道教聖地，建宮已有一千多年歷史，今日所見的太清宮已是明代重建古蹟。十三世紀時這裡出了一位聞名中國的全真派道士——邱處機，他的道行很高，成吉思汗渴望從他身上了解中國文化，便遣使者前來山東迎接他。當時的邱處機已年逾六十歲，原本以為兩人在蒙古會面，但想不到成吉思汗已西征到大雪山（今阿富汗興都庫什山），邱處機橫越整個中國大陸與成吉思汗在大雪山會面，真是一件不可能的任務！六十餘歲的成吉思汗當時問他兩個重要的問題：一、人怎樣才會長生不死？二、中國文化的精髓是什麼？

邱處機向成吉思汗講述儒、釋、道三家的學說。成吉思汗是個孝順母親的人，特別對儒家的孝道觀讚美認同。此後全真道士擔任國子監負責人，除了宣揚佛、道思想外，還大大提升儒學，當時的「全真道」領導著佛、道二家，又協助儒學於不墜，並救助不少的儒家學者，功不可沒也。

到十六世紀嶗山又出了一位名道士——張三豐。嶗山太清宮道士最多時曾有七百多人，全真派出家後必須能忍得住不結婚，實行清修「四大皆空」的宗旨。今日所見的太清宮占地四四五〇平方公尺，共有一百四十多間房間，其規模之大可見一斑。

太清宮庭院深深，古木參天，有一株千年大樹被古藤纏繞，古藤攀樹而上，開著鮮豔的黃花，煞是好看。據說這株古藤已有四百餘歲的歷史了。另有一株奇樹，號稱「三樹合一」，由漢柏、凌霄、刺楸長在一起，成為一樹。漢柏始種於漢武帝建元元年（西元前一四〇年），樹齡二千一百餘年，樹幹寄生凌霄、刺楸，形成三樹一體的奇觀。去嶗山太清宮，除了欣賞古建築之美外，這些奇樹也令人嘖嘖稱奇，不能忽略。

歸途中，青島大學、中國海洋大學都曾瀏覽。青島風景宜人，歷史人文均有可觀之處。

在離開青島之前，最後一個參觀景點必然是聞名遐邇的「青島啤酒廠」。青島因嶗山水質好，故所生產的啤酒口感亦佳。據說每年世界啤酒節主要有兩處舉辦，一為德國慕尼黑，另一即在青島。

漢武帝時代的柏樹寄生著凌霄、刺楸，形成「三樹合一」的奇景。

三年前我與外子、廷兒去山東時，參觀的是青島第一啤酒廠，此次參觀的是青島第二啤酒廠，庭院景觀設計不同，但工廠內景卻是一樣。該廠請大家喝一杯新出產的生啤酒，真是新鮮美味，香醇可口，配上特製的啤酒豆（以山東盛產的花生米製成），使人回味無窮。

## 風箏的故鄉——濰坊

二〇〇四年七月八日，我們抵達此行第二座城市——濰坊市。山東省目前人口超過九千萬，是全中國人口最多的第一大省（從前四川省為第一大，人口超過一億，但因重慶市改為直轄市，減去重慶市三千多萬人口，四川省降為第二名），到了濰坊市更了解山東人口之多了，因為單單濰坊市人口就超過八百萬，真的令人驚嘆呀！

濰坊是中國風箏的發源地，也是版畫的印製地（版畫中以年畫最為暢銷全國各地）。我們造訪了一座「楊家埠村」，除了觀賞整座村落的仿古建築群：包括古街、古巷、大小院落、雕門花窗、飛簷磚牆、三羊開泰以及各種鎮邪怪獸高立屋簷外，又參觀了各屋內的風箏製作過程。由於外子出生於濰坊，我們買了兩隻風箏作為紀念品，一隻美麗的大蝴蝶（像極了元代王和卿元曲中的〈醉中天　詠大蝴蝶〉）和一隻兇猛而驕傲的老鷹。楊家埠村中設有一大廣場，專為放風箏者使用，如果時間許可的話，真想去試放一次呢！

此外，又參觀了楊家埠村的版畫藝術、剪紙藝術、根雕藝術、書法、繪畫和刺繡等藝術品，真是美不勝收。一株美麗無比的大樹，開滿粉紅色毛絨絨的花朵，李瑞慶教授（前任學務長）告訴我：「這就是合歡樹！」我興奮地和外子在樹下合影，因為每講到杜甫〈佳人〉詩時：「合歡尚知時，鴛鴦不獨宿。」總弄不清楚什麼叫合歡樹？這下可好了，在山東濰坊才得到答案。

清代著名的文學家鄭燮，字克柔，號板橋，江蘇興化人，生於康熙三十二年，卒於乾隆三十年（一六九三—一七六五年），年七十三。曾任山東范縣、濰縣知縣。他在濰坊享有不朽之盛名，由於勤政愛民，為了請求上級賑災而得罪上官，乃稱病乞休，歸隱揚州，賣書法、繪畫度日，作品流傳全國，至今不衰。

濰坊人為了感念他，特地在楊家埠村仿古民俗藝術街的一家庭院花園中，為他塑了一尊風骨傲岸、充滿濃郁書卷氣的銅像，文人精神孤然挺立於天地間，真可謂永垂千古了！

在古街上，很容易看到他風骨嶙峋的文字題在人家門口的匾額上，如：「吃虧是福」、「難得糊塗」等等至理名言。後來在「十笏園」裡，又親見他的墨寶及他七十一歲暮年時所寫的兩首懷念濰縣那段歲月的七言絕句詩，茲將其抄錄如下，謹供讀者欣賞：

第一首

相思不盡又相思，
濰水春光處處連。
隔岸桃花三十里，
鴛鴦廟接柳郎祠。

第二首

紙花如雪滿天飛，
嬌女鞦韆打四圍。
五色羅裙風擺動，
好將蝴蝶鬥春歸。

濰坊古意盎然的建築——楊家埠村。

## 北方的園林——十笏園

我極鍾愛中國園林之美，蘇州的「拙政園」、「留園」、「獅子林」都一再拜訪，唯獨北方的園林，除北京故宮的後花園、「頤和園」、「恭王府」外，尚未見過可以與蘇州園林媲美的私家花園。但是此次山東之旅，我們在濰坊參觀了一座花園——「十笏園」，可謂北方私家園林的代表作，自古有「南蘇州，北濰坊」之美稱，十笏園可說是替北方人爭了一口氣，我們更讚嘆不虛此行。

十笏園建於清代光緒十一年（一八八五年），是濰坊鄉紳丁善寶先生利用明代刑部郎中胡邦佐故居，在保留明代建築「硯香樓」的基礎上，改建的一座私人庭園。以「十笏」命名庭園，足以形容它的小巧玲瓏，精緻典雅。它的面積僅有兩千平方公尺，但卻擁有假山、池塘、曲橋、亭榭、迴廊、書房、臥房等多種建築，且布局得當，充分

濰坊的十笏園造景極美。

顯示著設計者的巧思精構。

丁善寶先生更廣為搜集鄭板橋等揚州八家的原作，銘刻於廳堂、廊亭之中，映以荷花游魚，雕欄拱門，綠柳紅榴，使文人雅氣融入大自然中，真是處處佳景，處處充滿人生樂趣。例如在一間房舍的窗欄下，掛著一幅聯語：上聯是「慧裡聰明長奮躍」，下聯是「靜中滋味自甜腴」，窗下的正中央橫幅是鄭板橋的四個大字：「聊避風雨」，是多麼富有雅趣啊！

迷霧中登泰山

七月九日上午，我們到達淄博市，參觀了「齊國歷史博物館」，館內珍藏兩千多年以來豐富的寶藏，可惜館內不准拍照，看完就印象不深了。接著又參觀齊景公的殉馬坑，也是不准拍照，但對於齊景公遺命將七百餘匹駿馬，一同與他陪葬，深覺其殘忍無比。據說這些壯馬先灌以烈酒，待其昏醉，再一一打死，死後依序排列側臥，加以掩埋，兩千餘年後，當牠們被考古學家挖掘出土，得以重見天日，在歷史的長河裡遂浮現一面殘酷的畫頁，那就是躺在黃土裡的一排排整齊的馬匹化石了。

中午在淄博市的「管仲路」吃午餐，多麼有趣的際遇啊！

七月九日全團來到了享有「泉城」美名的山東省會濟南市。當晚住宿在新建的五星級「山東大廈」，由於離市區較遠，未能逛街看濟南夜景，稍感遺憾。次晨從濟南先到東嶽泰山，想印證一下孔子所說的「登泰山而小天下」是否正確？我們是乘纜車上去的，纜車是比利時製造，一車六人，有門有頂，最符合國際標準規格，從纜車上所見的泰山，林木蔥蘢，巨石磊磊，氣勢磅礡，雲霧飛騰，真是不同凡響！登上「天街」後，只看見雲霧迷漫，近處可見南天門，遠處則朦朦朧朧，遊人如織，天街的商店、旅館依然生意興隆。

記得三年前與外子、廷兒所參加的雄獅旅行團幸逢一個大晴天，泰山真面貌盡在眼前，遠處的雲海山巒清晰可見；登山的石階上滿是縮小的人影，他們不乘纜車必須花費七、八小時方可登上南天門、天街、石碑群、玉皇頂。廷兒那時和兩男一女——來自西非奈及利亞的年輕人交談過，他們說奈及利亞沒有這樣的山，泰山實在太偉大了！他們是一路走上來的，沿途的古廟、古蹟太值得欣賞了！原來泰山在地質學上是中國最古老的山，早在五億年前就形成了，古人敬它為神山，歷代皇帝都在此舉行「封禪典禮」以示最高榮寵。泰山上有許多巨大的帝王、名人石刻，成為中國文化源遠流長的活見證，這都是一般名山所望塵莫及的。

泰山山頂巨石石刻。

但是，這次重遊泰山，大霧茫茫中，不見奇岩怪石、不見帝王、名家石刻（自唐太宗、高宗、玄宗到清康熙、乾隆歷代許多皇帝、將相、文人雅士多刻石留其書法，欲與泰山永垂不朽），我們在迷霧中匆匆走過南天門、天街、碧霞祠、西天門、青帝宮，尚未登上玉皇頂，忽然間風雨交加，由於下山集合時間將至，便即匆匆折返，沿途留下幾張煙雨濛濛的泰山照片，如今看來也別有一番景致呢！

此次乘纜車登泰山，上山時我們夫婦和吳慶齡老師、馬樹秀老師以及一位在電信局上班的男士同車，一面聊一面向下望「岱宗」（泰山的另一名字），只見滿山遍野的綠樹、小黃花（像黃色野百合）、瀑布、奇石，風景幽絕，給予我們深刻的印象。下山時又與李瑞慶學務長夫婦、博古雅集的林麗玉女士同一輛纜車，好友同乘纜車登泰山，也恐怕要經過幾百年的修行才能修得到吧?謹此附筆一記。

泰山最高海拔一五二四公尺，古代中國的東方以泰山為最高，故有「東嶽泰山」之盛名，七月十日登泰山，更想不到七月十五日我們又登上了山西省的「北嶽恆山」，更高達海拔二〇一六公尺。這是後話，總之，旅途非常艱辛勞累，難以用文字敘述。

## 孔子的故鄉——曲阜

七月十日晚抵曲阜古城，「古色古香」四個字無法形容其萬分之一。夜宿三星級的「闕里賓館」：古典的建築造型，平房寬敞，庭園幽寂，古樸得可愛，我喜歡這家旅館遠勝於濟南的五星級豪華氣派的「山東大廈」。飯後，我們冒雨逛曲阜老街，我們和林麗玉女士同行，不久巧遇馬承驌老師及其夫人、愛女，邱鎮京老師及其夫

岱廟正門。

人。我們發現他們正在小攤子上就著小燈光，忙著選石材刻印章，於是也興致勃勃地爭相選石刻印；攤上的刻字師傅都是篆刻專家，你要什麼陰刻、陽刻，什麼正楷、隸書都行，他們都不打草稿，立刻下刀刻字，而且書法之美，刀工之快，堪稱神乎其技。非但石頭好、花樣多，而又物美價廉，刻了印既實用又兼具紀念價值。

我送林麗玉女士一顆內蒙古巴林石的印章，她問：「我刻什麼才好呢？」我說：「妳擅長唱崑曲，想想看有什麼詞兒可以形容吧？」結果外子搶著說：「刻個餘音嬝嬝吧！」於是麗玉的小禮物是一塊巴林石刻有「餘音嬝嬝」四個字的印章。我也選了一塊巴林石，上面刻著「張修蓉畫」四個字，期許自己今後多多練習繪畫。外子的石頭更精美，他刻了「藝文千秋」四個字。真是人人獲寶，皆大歡喜！

七月十一日參觀曲阜三個重要景點：孔府、孔廟、孔林。曲阜人口有六十餘萬，其中有十一萬人姓孔，孔子的後代在此繁衍綿延，代代受到尊敬，其中還有許多人分散到世界各國定居，曲阜孔家可算是天下聞名的姓氏了，他們真該感謝至聖先師孔子福蔭千秋萬代。而我們讀聖賢書的老師們雖不姓孔，但也向孔聖人致上最大敬意。吳慶齡老師說：「我們這些老師應該向孔子行三鞠躬禮！」大家異口同聲地答曰：「是啊！應該的！應該的！」於是眾人同心，在孔廟、孔府、孔林向孔子塑像、墓碑前都行了三鞠躬大禮。

孔府是孔子的舊居故址，如今擴大得有如宮殿。孔廟是孔子教學的杏壇紀念館，歷代帝王在庭中建碑讚揚，院中古木參天，神聖無比。孔林是孔子及其弟子、嫡傳子子孫孫的墓園，由於孔子死後，學生們守喪三年（其中子貢守喪六年），各自返家，將家鄉的樹移種在此，年代歷經兩千五百餘年，墓區愈來愈擴大，古木也愈來愈蒼老，這些幸福的樹自古免於遭受砍伐之災；這些幸福的孔家子孫能與聖人永遠安息在這座廣大的墓園，堪稱世界之一大奇蹟了。

孔林大得必須乘坐十人一組的電動小車，才到得了孔子的墓地。孔子的墓碑上寫著「大成至聖文宣王之墓」，孔子以一介平民，身後卻有「素王」之稱，何謂「素王」？即有王之名而無王之實。想想如今世界各國誰沒聽過孔子的名字？古今多少帝王將相？咱們又記得幾個？懷念幾個？我個人以為孔子的學術地位、品德修養，在全世界人類中應排列前三名吧？

可敬可愛的子貢，在孔子心目中第一大弟子顏回早逝後，已從第二名躍升為第一名。孔子的兒子孔鯉也先孔子去世，子貢遂負擔起傳承師道的使命，在孔子墓旁築廬守喪，日日教孔子的孫子子思讀書，終於使子思成為大學者，著有《中庸》一書，

這種建築美姿叫做「勾心鬥角」。

與孔子的《論語》互相輝映。子貢死後，埋葬在孔子墓旁，如今可見一小屋，屋前立碑曰：「子貢廬墓處」，師生之情見之令人動容不已，如此重情重義之人，世間能有多少？三年前我曾向子貢墓前行三鞠躬禮，三年後我重遊舊地，緬懷古今，內心之悸動一如昔日，於是又恭敬地行禮如一。

## 濟南的大明湖

劉鶚在《老殘遊記》一書中提到山東大明湖畔有王小玉說書的茶館，作者筆下的王小玉及其妹妹黑妞在茶館中說書唱曲，精彩絕倫，當時清朝小市民的生活樂趣，被描繪得栩栩如生，王小玉的美妙女高音彷彿穿越一百多年的時空，傳到後代讀者的耳中，迴盪縈繞，久久不散。大明湖畔的「明湖居聽書」永遠令人有遐想的空間。

我與外子張震今年又再度去遊覽大明湖了，這趟旅行是為了未曾去過山西省，為了嚮往「雲岡石窟」和「平遙古城」而報名參加的。山東雖然三年前來過，然而有一半行程完全不同，例如上次去過煙臺、蓬萊、威海、劉公島這些地方，這次行程裡沒有。但是青島海灣對岸的小青島、濰坊、十笏園、殉馬坑、千佛山、泉城廣場等景點上次又沒有。相衡之下，來外子的故鄉兩次收穫是更大的，加上三年前與陌生人併團，總覺快樂不及七十分；而此次與好友們、老同事們出遊，氣氛上就快樂到九十五分以上了！尤其天天同桌吃飯的好友們，大家舉杯互祝：「生日快樂！」已成了我們快樂時的祕密口號哩！

上次是雨中遊大明湖，這次偏好是晴天。大明湖古人形容它是「三面荷花四面柳，一城山色半城湖」（山，指千佛山）。大明湖比不上杭州西湖大，然而湖光山色，秀麗宜人。岸邊的垂柳碧綠如絲，時而拂向行人面，時而倒垂至水中，「柳蔭直、煙裡絲絲弄碧」的詞境，到此不必解釋自然明曉。七、八月盛夏，滿湖荷花，濟南涼風徐徐，一點兒暑意都沒有。碧綠的大荷葉，盛開的大荷花，清芬撲鼻，風在指揮，柳枝擺盪，荷花仙子載歌載舞，我們沿著湖濱慢慢散步，心情愉悅到了極點。忽見湖邊一角有許多初生的荷葉，荷葉上滾動著數不清的露珠兒，像水晶、像珍珠、像美人的淚珠，好生教人感動！我們共同科「博古雅集」的崑曲專家林麗玉女士說：「我來唱一首荷葉上的露珠兒吧！」眾人鼓掌叫好。

於是麗玉且走且唱，歌聲美妙，配上表情手勢，真是動聽極了！當時大明湖的碧波聽到了，岸邊垂柳聽到了，小小荷葉聽到了，小小露珠閃亮著星星般透亮的眼睛，我們幾位好友隨行都聽到了如此美妙且愉快的歌聲！雖然王小玉的歌聲永存在我們的幻覺裡，但是二〇〇四年七月十二日上午，林麗玉女士的歌聲適足以彌補未曾聽過王小玉歌聲之遺憾。兩位女士的名字中都有「玉」字，也是一種美麗的巧合吧？

湖心有座小島，島中有座「歷下亭」，乾隆皇帝曾在島上行館住過。三年前我們乘小船（每人三元五角錢船費）自費遊歷下亭，十分有趣，此次無人提議，散散步，賞賞景，又另有一番悠閒之趣。後來我問

濟南的大明湖風光。

朱靜如老師：「山東行程裡，您最喜歡哪個地方？」靜如姐不假思索地回答：「大明湖！」

## 濟南之北的千佛山

濟南的大明湖有「三面荷花四面柳，一城山色半城湖」之美譽。不僅大明湖美化了濟南市，千佛山也妝點了濟南市的風光。千佛山古名歷山，古書云：「舜耕於歷山之下」，故又稱「歷下」，所以「歷下」意思就是歷山之下，也就是如今的千佛山之下。

七月十二日下午，本校旅行團要去的景點就是登千佛山，費時兩小時。登千佛山的好處很多：一、愛好登山者可以大展身手，活動羚羊般的雙腿。二、登上千佛山可以俯瞰濟南市全景。三、沿路山道上可以參觀「興國禪寺」、「千佛寺」、「千佛崖石窟」、「舜帝廟」等著名景點。我雖知道這種種好處，但奈何雙腿無力，看見臺階便頹然怯步，於是決定放棄這千佛寺景點，在山腳下休息，反正人生「有捨必有得」嘛！想不到與我有志一同的尚有李瑞慶學務長夫婦、吳慶齡老師、馬樹秀老師、朱靜如老師、林麗玉女士，一共七人，自願在山下休息。

全團遂一分為二，一組人去攀登千佛山，另一組人在千佛山下休息、聊天、聆聽寺廟傳來的頌經聲。事後想想，我們休憩之處，可能正是距今四二三七年前大舜帝在此處（歷山下）親自耕田的遺址呢！只是當時好友們只開心地或圍坐一圈，或坐或臥於青石上，享受茂密樹林中的新鮮空氣，一點兒也不羨慕那些爬千佛山的隊友們呢！嗯！休息兩個小時真好，偷得浮生兩小時閒在勞累的旅途中多麼難得！若舜帝在天之靈有知，看見四千餘年後的我們七人，一定會下詔令曰：「朕命你們七人快快耕田，不可偷懶！」

## 濟南的趵突泉

濟南有七十二個平地湧泉的奇景，故又名「泉城」。這七十二個泉眼分散於城市各處，其中以「趵突泉」最為有名，而且有兩千六百餘年歷史。是日下午從千佛山下來已四點鐘了，我們僅遊半小時趵突泉，時間實在太緊湊。這個趵突泉剛好在濟南市區最大的「泉城廣場」旁邊，因此，遊罷趵突泉再走到泉城廣場，我們的濟南旅程就結束了，山東之行也在七月十二日畫下完美的句點。

趵突泉被包圍在一座精緻小巧的公園裡，園內有假山、池塘、亭臺水榭，有無數株高大的垂柳種植其間，雜以其他花木、紫藤，倒也庭院深深，清幽忘塵。據說池水深過二十八公尺以上才可看見泉眼湧水奇景。三年前我與外子、廷兒來此一遊，由於山東鬧乾旱，完全沒見到泉眼，頗為失望，當年導遊又沒給我們時間逛泉城廣場，當我們看到余光中先生文中所寫的泉城廣場上有「山東十二位偉人雕像」時，簡直痛心疾首，怎麼會對此一大奇景錯過了呢？導遊太不專業，太不用心了！

此次，託本團之福，不僅看到了趵突泉水深超過二十八公尺，出現三個大、中、小不同的泉眼外，也飛奔至泉城廣場對面去尋覓山東十二大偉人像了！其間還在「趵突泉公園」裡參觀了「李清照紀念館」。這位宋代女詞人，也是古代中國最具才華的女文學家，她的作品我拜讀了不少，她的一生充滿李後主般的傳奇，我是既崇拜又思慕的好讀者，好傳授者，見到她文采蘊藉的畫像時，真的好感動。她的畫像旁，右聯是「枕上詩書閑處好」，左聯是「門前風景雨來佳」，橫幅是「清芬蘊藉」四個大字。我在紀念館裡買了一幅李清照畫像攜回家來。

## 泉城廣場的山東偉人像

泉城廣場占地極廣，從趵突泉公園急奔至廣場最遠處，才找到一幢弧形的建築，在那裡果真找到了中國歷代偉人中出自山東的十二位代表性人物，個個造型與他們的生平事蹟相吻合，每座雕像都比真人高大，基座上註明他們姓名，生卒年，不平凡的事業與成就，依歷史歲月先後將其大名列述如下：第一位大舜；第二位管仲；第三位孔子；第四位孫武；第五位墨翟；第六位孟軻；第七位諸葛亮；第八位王羲之；第九位賈思勰；第十位李清照；第十一位戚繼光；第十二位蒲松齡。

山東十二位偉人中，十一位大家都熟悉，只有賈思勰一人比較陌生。賈思勰大約於五四〇年左右在世，時代應屬北魏時期，生平事蹟不詳，但著有《齊民

濟南泉城廣場上的山東十二偉人像。

要術》一書，總結了中國農民及農業在六世紀時的經驗與成就。此書受到政府及農業專家所激賞。如書中值得注意的紀錄有：

一、在一定單位面積下，該用多少種子來播種？其成功率如何？預期收成又是如何？已進入農業「量化」的階段。

二、書中提到某些國內、國外的植物新品種，例如由南海傳進來的木棉樹。

三、首次在世界農業書籍上，提到不同品種植物間，可藉由接枝法，繁衍出更理想的品種。是人類早期生命科學的傑作。

四、詳述農民養蠶、取絲之方法，間接反映北魏政府重視農業。

綜觀以上山東十二位偉大的人物，有大政治家（大舜、管仲、諸葛亮）、大教育家（孔子、孟軻）、提倡兼愛的大哲學家（墨翟）、大軍事家（孫武、戚繼光）、大書法家（王羲之）、大農業家（賈思勰）、最具才華的女詞人（李清照）、大文學家（蒲松齡）。他們的非凡成就，影響後世深遠，真是值得山東人驕傲！

## 何謂山東？何謂山西？

七月十三日一整天都在趕路。因為我們得從山東省省會濟南乘飛機到北京去，然後再從北京坐巴士去山西省第二大城——大同市，展開旅程的下半段美麗的畫頁。為何不直飛山西大同呢？這個我不懂。但我又經驗了第二次搭早班機的滋味，早上八點班機，五點二十分就得從「山東大廈」五星級大旅館出門，當然動作慢的我們清晨四點就得起床，高級又舒適的旅館只睡了四個小時，對我來說真是無比的遺憾。另一個切身的經驗是學會了中國地理知識，終於明白山東隔壁鄰省不是山西，而是河北。山東、山西的名稱中的「山」字，指的是太行山山脈。因此，遊罷山東再赴山西，必須穿越河北省。古代太行山以東地區稱山東，太行山以西地區稱山西。

飛行一個小時後抵達河北北京，然後從北京機場換旅行巴士展開長途之旅，北京與大同兩地相距三百八十公里，車行六個多小時方抵達山西省第二大城——大同市。大同是山西北方軍事重地，古代名叫「平城」，此地距內蒙古僅五十公里，據說內蒙的風沙常常吹至大同。現在終於了解漢代古詩：「胡馬依北風，越鳥朝南枝」的詩意了。

山西的地理位置也終於明白了：東鄰河北，西接陝西，北連內蒙，南隔河南。真是行萬里路勝讀萬卷書，書本上的知識死背死記，容易忘；親身經歷過的人物、事件、地理、歷史是永難忘懷的。七月十三日、十四日我們住在「大同賓館」，這家四星級賓館，樓高不過六層，但旅館前卻擁有一片大廣場，花圃中盛開著鮮麗的花朵，中央一座噴泉，噴泉中央立有一尊雙手合十的微笑佛像。仰望水花四濺中的佛像，斯時彷彿嗅得出「雲岡石窟」的氣息了。

我與外子被分配二〇五號房間，從窗前可望見噴泉、立佛、廣場、汽車道、花徑等等景觀，心中大喜，立即到窗前拍照留念，又急忙沖泡龍井茶（利用旅館中的電熱水壺、老人茶茶具），好好享受一番，因為這一天，從清晨四點起床，到黃昏才算是在此「安營紮寨」了。疲憊不堪的身體需要靜坐窗前，品嘗幾杯熱騰騰、香氣四溢的龍井好茶，好好調適一番。

## 壯觀的雲岡石窟

「大同」在南北朝時稱「平城」，春秋戰國時代稱「長平」。自古以來，此處可謂是胡漢分界地，也是兵家必爭之地，大小戰役統計起來超過一千餘次。其中以戰國時代秦將白起坑趙卒四十萬人最為悲慘。漢高祖劉邦打天下時曾在「白登」被匈奴圍困，幸賴陳平獻一密計，方得脫危為安，此一凶險之地「白登」也是今天的「大同」。據說至今農夫們在耕田挖地時，還常常挖掘到古戰場上的枯骨，真是令人不寒而慄。

「雲岡石窟」位於山西省大同市西郊武周山北崖，石窟依山開鑿，山勢平緩不高，但石窟東西綿延一公里。現存主要洞窟四十五個，大小造像卻有五萬一千多尊，為中國規模最大的古代石窟群之一。據文獻記載，北魏和平年間（四六〇—四六五年）開鑿了最早的五窟，今日列為第十六窟至第二十窟。其餘主要洞窟，也大多完成於北魏太和十八年（四九四年），孝文帝遷都洛陽之前。因此，雲岡石窟的藝術作品，基本上都是北魏的遺物，距今已有一千五百多年的歷史。

石窟雕刻的題材內容，雖然是宣揚佛

山西大同雲岡石窟。

教思想，但我們不妨以藝術眼光去欣賞那些神態各異，栩栩如生的人物形象，有佛祖、菩薩、弟子和護法諸天神、飛天女神等造型。有風格古樸的木構建築、彩繪圖案、浮雕藝術。又有古代樂器雕刻，如箜篌、排簫、觱篥、琵琶等。

石窟中高大的佛像令人驚懼、小小的迷你佛像又令人不禁莞爾。大型的洞窟有些是北魏朝廷資助，小型的洞窟多半由民間還願私建的。千百年來，雲岡石窟受到風化、水蝕和地震，毀損甚為嚴重，人為的破壞和盜竊也是最可惡的事。據不完整的統計，被盜往海外的佛頭、佛像，竟達一千四百多個。斧鑿痕跡，至今猶在，實令人嘆惋不已。

大同雲岡石窟佛像。

雲岡石窟前有一條專賣古董或仿古董的觀光街，琳瑯滿目的手工藝品：木雕、銅雕、象牙雕、銀製品、陶瓷藝品、剪紙藝術，多得不勝枚舉，看得人依依不捨離去。雲岡石窟這一景點，人人都稱讚比想像中壯觀多了，太值得欣賞了！

## 山西美食

三年前在山東吃過許多美味麵食，但這次卻極為失望。不過到了山西，我們就大飽口福了。我們吃過風味特殊的烤糢——一種烤饅頭，外皮黃色香脆，裡面麵軟微甜；麵魚——一種手工揉搓的小魚形麵食；花卷、拉麵、土豆涼粉、水餃、包子、莜麵——用手工製作的燕麥小圓卷，然後蒸熟的可口美食。另外還吃過玉米餅、糯米油炸餅等等口感絕佳、你在臺灣未曾吃過的食物，也順筆一記。

## 華嚴寺與琉璃九龍壁

山西省屬黃土高原，乾旱少雨，平均每年降雨量僅四百公釐，幾乎等於臺灣一天的降雨量。每年自春天開始就颳大風，往往一連半年大風吹沙的日子，使山西人很不舒適。加上地理上含有全中國最豐富、最優質的煤礦——無煙煤，因此私人採煤已有千餘年歷史，國家採煤也有幾百年歷史，晉煤供應全國作為燃料或火力發電，但山西人卻常弄得灰頭土臉，抱怨空氣汙染嚴重。公路沿線偶爾見到一灣細短的小渠，水色汙黑，這是不爭的事實。

山西的煤礦豐富，他們協助國家發展了東南地區的經濟，因為火力發電功不可沒。如今中國又把重點放在開發大西北地區，仍然要依賴晉煤的幫助。山西的煤藏量據估計再經一百年的不停開採，就完全挖掘殆盡，山西省人民屆時就不知靠什麼維生了?山西人民前途堪慮，前後兩位地陪導遊都說：「我們山西位置在中國的正中央，東南部開發沒有我們的份，西北部開發，又沒有我們的份，許多人自我嘲諷地說：『我們山西人不是東西！』也有人說：『上海人那麼有錢，用了我們的煤，至少應該把所賺的稅收撥十分之一來回饋山西人！』」兩位地陪所言甚是有理，也充分顯示出山西人民的焦慮與不平。

當我們暢遊雲岡石窟、華嚴寺、琉璃九龍壁、恆山、五臺山、懸空寺、應縣木塔、雙塔寺、晉祠、堯廟、喬家大院、王家大院、平遙古城、汾陽酒廠、古大槐樹、黃河壺口瀑布行程之後，大家一致認為山西古蹟既多又美，早已勝過山東了，只要好好發展觀光事業，將來有賺不完的金錢，何必苦苦採煤，使許多無辜的煤礦工人葬身於意外的礦災事件中呢?

凡事有得必有失，山西氣候乾燥，水質不佳，空氣汙濁，但正由於其雨量奇

千年古剎華嚴寺。

少，傳統木製建築得以保存千年甚至一千五百年之久，更能成為歷史悠久的活見證。喬家大院、王家大院、平遙古城更是完整的古典建築活標本，可與歐洲古建築互相媲美，這些都得拜雨量奇少，木雕、石磚賴以完整保存之賜啊！「山西省觀光景點在地面上，陝西省觀光景點在地面下」（如秦俑、武則天陵墓、永泰公主陵墓……），山西地陪略感驕傲地做結論說。

七月十四日上午參觀完令人震撼的雲岡石窟後，下午又參觀兩個景點，一座古拙可愛的遼代皇家建築，石磚泥瓦青灰色的「華嚴寺」，殿內尚有巨幅遼代壁畫，距今只差三十八年就可慶祝一千歲壽齡了。

為了烘托華嚴寺這座古剎，山西政府又撥款修建了幾條仿遼代的老街老店，遼代雖為契丹人所建，但建築形式受同一時代宋朝的影響。這些仿古老街才完工不久，尚未經營生意，下一批觀光客或許可看見生意興隆、人群熙來攘往的景象。

接下來參觀大同市區一座全國最大的「九龍壁」，比北京故宮的九龍壁還大得多。九龍壁既高且長，有造型互異的九條巨龍浮雕，完美地雕在一長條石壁上，全部以色彩豐富而又鮮豔的琉璃片鑲貼而成，看上去龍威活現，虬曲怒目，令人驚駭讚嘆，誰也不相信如此鮮麗的色彩竟已高齡六百歲了！

原來明太祖朱元璋打下天下，坐穩龍椅後，將第十三子朱貴，封於平城（即今大同市），他驕傲自大、任性胡為，又與妻子不合，最後終於被明太祖所廢。這座巨大無比的豪奢紀念品——九龍壁，就是明太祖第十三子朱貴統治平城時代親自監工打造，所留下來的六百年歷史古蹟，當時這位太子的奢華傲慢可從這件驚人的琉璃作品中表露無遺。

現代大同市區有三百萬人口，為了要修築道路，維持交通順暢，居然把整座九龍壁的琉璃片一片一片拆下，一共有六百二十六片，再尋新址，重新按編號拼裝成原樣，但奇怪的事發生了，他們無論怎麼拼裝都會多出一片琉璃磚片，最後只好把多出的這一片貼在九龍壁的右下角，以為紀念。到大同去的旅客們千萬不要錯過欣賞九龍壁的神奇風采！

## 登恆山與懸空寺

北嶽恆山與東嶽泰山、西嶽華山、南嶽衡山、中嶽嵩山，並稱五嶽，齊名天下。古人有諺語說：「五嶽歸來不看山，黃山歸來不看嶽。」可見五嶽地位之崇高，而黃山更高踞五嶽之上。十幾年前我已登過黃山，真乃嘆為仙境靈山。想不到此行中先二度拜訪泰山，之後又參見恆山，天下名山六座，我已走過五座（也曾於一九九三年到過衡山），真是始料未及啊！

山西大同的九龍壁比北京的壯觀。

「恆山風景區」位於山西省渾源縣城南四公里，面積一四七・五平方公里。其實恆山山脈發脈於陰山，止於太行山，奔騰起伏，蜿蜒五百里，號稱一〇八峰。主峰雄踞渾源城南，氣勢雄偉，自古以來就被譽為「人天北柱」、「絕塞名山」。

恆山以其「奇」，和泰山之「雄」，華山之「險」，衡山之「秀」相媲美。恆山之奇，奇在「恆山如行」，沿東北向西南走向的一〇八峰，蜿蜒詭怪，奔騰如浪。由於山西雨量奇少，近觀其傲岸的奇峰，總見山石嶙峋，山骨裸露，其間橫亙著一道青草，一道黃色岩石；再一道青草，又間隔一道黃岩，看去彷彿斑馬身上的花紋，又使人聯想到一大塊五花肉，真是怪異有趣。

登恆山的纜車既簡陋又快速，上纜車時我不慎碰到頭頂，疼痛了數小時之久，一度懷疑自己是否有腦震盪？吳慶齡老師下纜車時，一隻腳才剛下來，另一隻腳尚未完全落地，管理員就快速關門，以致於小腿被刮破一道小傷口，頓時鮮血欲出，幸好我皮包裡有雲南白藥OK繃，貼上去立即消毒、止血。另一位團友是本校陳教官之友，下車時摔了一跤，傷了膝蓋關節，兩天後才痊癒。恆山纜車之簡陋快速，服務員服務不佳，給予我極糟的印象。泰山的纜車由比利時製造，具一流國際水準；恆山的纜車中國製造，一年不知會有多少人摔倒或受傷？山西若要發展觀光事業，這些地方不改進是萬萬不行的。

朱靜如老師在大家的關心與管理員、導遊的特別照顧下，毫髮無傷地安然登上恆山。當時因頭頂痛楚，我就和朱靜如老師在景區入口處樹下休息，觀景、拍照，等待大家參觀恆山各道觀，並沿臺階欣賞恆山奇景而返。此時，無意間發現寺門邊磚牆上刻有金朝元好問〈登恆山〉一詩，讀來悠然有趣，也算不虛此行。詩云：

大茂維岳古帝孫，太樸未散真巧存。
乾坤自有靈境在，地位豈合他山尊。
中原旌旗白日暗，上界樓觀蒼煙屯。
誰能借我兩黃鵠？長袖一拂玄都門。

寫景真切，寫情瀟灑，一代大儒，令人仰慕不已！猶記得他的兩句：「問世間情是何物？直教人生死相許！」道出了千萬年來人們對愛情的迷思，真是絕妙佳句，神來之筆，我想即使李白、杜甫再活一遍，也要對這樣的詞句大加讚揚吧？恆山的景點我雖未完全看到，但畢竟在半山上和好友共享約莫一小時的美好而難得的時光，也該慶幸一番哩。

下一個景點是令人永難忘懷的、驚心動魄的——登恆山「懸空寺」。懸空寺原名「玄空閣」，是恆山廟群的重要組成部分，中國罕有的高空古建築。從古老的史料上考證當建於北魏後期，距今約一千五百年左右。

未至懸空寺前，車行山道上早已發現山谷對面的翠屏峰高聳入雲端，在那座堅硬枯乾的峭壁上，有一排斜立的精緻寺廟懸掛在大約百米左右的半山間，真正是古人所謂的「飛閣丹崖上，幾度白雲封」，「蜃樓疑海上，鳥道沒雲中」。中國著名的首位旅行家徐霞客驚奇地稱之為「天下巨觀」；大詩人李白在山下一塊巨石上狂書「壯觀」兩個巨大的字。我也要讚美它為：「中華瑰寶」，真的，你若登此寺一遊，那種鬼斧神工，驚心動魄的感覺，必定讓你驚呼連連，永生難忘，稱它為「中華瑰寶」實非誇大其詞啊！

懸空寺背靠恆山的翠屏峰，面對天峰嶺，坐西向東，取朝拜、拱衛恆山主廟之勢。全寺以木質結構為主，（可惜不

懸空寺下有巨石刻「壯觀」二字，
據說是唐代大詩人李白所題。

山西懸空寺建於北魏後期，距今一千五百年前。

知究竟是什麼木料，能支撐一千五百餘年而不致斷裂腐朽？）「依照力學原理，梁柱上下相嵌，廊欄左右緊連，立明柱巧借岩石著力，鑿洞穴暗插飛梁為基。整個布局以主樓為中軸，以分散而求變化，以集中而保連結，半鑿半砌，明暗相合，明虛暗實，實以抱虛，虛實相生。」（據《恆山導遊》）

其實在空中棧道穿行時，有一石龕上方鐫刻著「工輸天巧」四個大字。四字下，刻有金大定十六年（一一七七年）重修懸空寺碑碣，為現存最古老的一塊石碑文字。懸空寺的建築很值得研究，它具有三大特點。

第一是懸空寺之「奇」，奇在選址定位上。選址別具慧心，選在翠屏峰的懸崖峭壁之上，以奇出勝。山峰雖突兀直起，但崖壁中間略呈弧形，懸空寺恰好定位於弧形的凹底，石崖頂峰突出部分酷似一把巨傘，又像一道大屋簷，將整個寺院罩在裡面，避免了風侵雨蝕和烈日曝曬，營造出一種驚險、玄妙、變幻莫測、時隱時現的恆山仙境氣氛。

第二是懸空寺之「懸」，從正面遠望，或側面觀賞，它都懸掛於山壁半空，給予人怵目驚心的感受。整個建築用十幾根碗口般粗的木柱支撐著，使得寺廟有隨時會因木柱斷裂而下墜的危險感覺。其實十幾根木柱也不完全受力，輪流休息，只起裝飾作用，當上面承載加重時，才起作用。它把整個負荷通過暗插飛梁，分散傳遞於岩石和山體之上，使得懸空寺形成了一座「似虛而實，以實抱虛，似危而安，懸中見俏的奇特建築」。

第三是懸空寺之「巧」，小巧玲瓏、結構精巧、奇巧構思、巧借地形。結合了美學、力學、光學、心理學等一切人類巧思，天才洋溢地創造了一件精雕細琢的建築藝術作品。懸空寺究竟拜的是什麼神?更是令人驚奇不已……。

通常「寺院殿堂」多為佛教，「宮觀廟祠」為道教。而懸空寺卻一反常規，把佛、道、儒三教精華列於一塊兒，更是奇中之奇，夢幻式的組合。原來懸空寺有十二個佛教殿堂，五個道教殿堂，一個三教合一的殿堂。因此全寺最富有特色的就是最高層的「三教殿」，佛祖釋迦牟尼以客人身分端坐正中央，老子以無不為之肚量屈居佛右，孔子胸有成竹地列坐左上首。這種布局，充分顯示著中華文化的包容力、展現了無限開闊的大格局。希望有一天基督像、聖母像也可出現其間，那才更能表現中國思想的博大精深，中國哲學的最高境界。

我雖在登恆山時撞痛了頭，但登上懸空寺時感受良深，同時也體會到什麼叫做「懼高症」了。因為懸空寺棧道和走廊甚窄，木欄又低矮，支撐的木柱不粗壯，加上遊客多，穿梭不停，我聽見自己的聲音不斷地小聲地呼喊：「好可怕喲！好可怕喲！」同時雙腿顫抖個不停，雙膝又發軟，真是百分之百的膽小鬼，一輩子似乎長不大，更別指望成為什麼英雄人物哩！

## 山西應縣木塔

七月十五日從恆山懸空寺往西行，抵達山西應縣，參觀一座建於距今九四八年前的木製高塔（此塔建於遼清寧二年，一〇五六年），為遼道宗所修建。應縣因此塔得以永享盛名。山西政府早已為這座古塔廣場正前方，修建了一排排縱橫交錯的仿遼代古街，街道正前方又聳立一座高大的牌坊，上面書寫著「遼代文化城」五個大字，以烘托應縣木塔的雄渾氣勢。從牌坊大門早已遠望木塔身影，雄渾的氣勢中又透著一股靈秀之氣，真是迷惑著遠方來的遊客。走過長長的仿古街，木塔身形愈來愈高大美麗，接著來到近塔處的廣場與花圃，我照了許多張由遠及近的木塔麗姿，一張比一張近，最後竟成為特寫鏡頭了。每一張照片如今都珍惜萬分，如獲至寶。

木塔共是七層，不算基石底座在內。塔的本身既寬廣又高壯，用松木製成，工匠也是當地的。據說用了三千萬立方米的木材製作，全塔不用一根鐵釘，完全用木製的「榫頭」（凸出的）和「榫眼」（凹下的）互相銜接而成。據導遊說：八百年前這裡發生過一次七級大地震，當時所有建築物

將近一千年屹立不搖的應縣木塔。

倒塌成廢墟，唯獨這座木塔安如泰山，毫無毀損。

近觀此塔，第一層的匾額是「萬古觀瞻」，第二層是「天柱地軸」，第三層是「正直」，第四層是「天宮高聳」，第五層是「釋迦塔」，第六層是「天下奇觀」，第七層是「峻極神工」等文字。書法渾厚蒼勁而有力，真教人讚嘆。外子與其他團友登上七層塔頂，據說塔內無燈，完全摸黑扶壁而上，十分擔心會否跌跤或碰頭，幸好大家平安無事。

給予我印象最深的是：有無數的小燕子在塔的周圍飛翔，據說這些燕子在木塔的椽梁間築巢而居，牠們在木塔裡專找小蛀蟲吃，無意間也保護了木料不遭蟲蝕，也或許是應縣木塔近千年尚屹立不搖的原因之一吧！

## 五臺山——佛教四大名山之一

從北嶽恆山車行五、六小時，逐漸發現黃土高原上的雄奇恆山神奇地變成青蔥翠碧的群山了，原來已來到了著名的五臺山。五臺山由五座山峰聳峙懷抱而成，最高峰有三〇五八公尺，然而五臺山五座山峰之間的平頂卻寬闊堅牢如山中高臺，故名叫五臺山。山上五峰奇秀，海拔頗高，我們遊覽的地區，由於置身於五峰之間的底部平臺，故夏季清涼無比，山西雨量原本就少，而大部分雨量又降在五臺山，難怪這裡花草豔麗，林木繁茂，成為黃土高原上的碧綠大地了！

據說五臺山的寺廟共有一百二十餘座，我買了一本《五臺山六十八寺》圖文並茂的遊五臺山指南書，大約是五臺山寺廟中之精華吧！我們在五臺山上住宿兩夜，享受了山西省最好的新鮮空氣。七月十六日上午參觀四座寺廟，下午又參觀四座寺廟，就累得大呼「夠了！夠了！」參觀到第八座時，時至黃昏，巧逢甘霖，不少人就賴在車上不下去參觀了。可見光看寺廟就把人看得眼花撩亂，體力不支了。

五臺山寺廟重重疊疊如入迷宮。

登龍泉寺前必須爬一〇八個臺階。

我們參觀過的五臺山寺廟有：顯通寺、菩薩寺、塔院寺、圓照寺、殊像寺、羅喉寺、普化寺、龍泉寺等。話說中國人信奉四大菩薩——文殊、普賢、觀音、地藏。他們的道場是山西省的五臺山、四川省的峨嵋山、浙江省的普陀山、安徽省的九華山，這是中國佛教的四大名山。俗稱：「金五臺、銀普陀、銅峨嵋、鐵九華」，也說明了五臺山是佛教四大名山之首。因此歷代不少皇帝都來參拜五臺山，甚至在此立碑、建寺住過些日子。如菩薩寺創建於北魏孝文帝時期（四七一—四九九年），至今已有一千五百年歷史。它具有金碧輝煌的牌坊和一〇八個寬廣壯麗的臺階。各寺廟充滿了各朝代的民間藝術作品，充分展現了中國人文思想的精華。我們還在寺廟中觀賞了一段晉劇：「忠烈千秋」，主角是大名鼎鼎的包公呢！

## 太原的雙塔寺和晉祠

太原古稱「并州」，在兩座大山之間，一座為太行山，一座為呂梁山，太原為盆地，古人以為是一大平原，原本「太」為「大」意，太原即大平原之意。這裡是唐高祖李淵和兒子李世民的軍事發源地，最後以武力逐鹿天下，建立了「大唐帝國」與「大漢帝國」前後輝映。太原又稱「龍城」，唐詩：「但使龍城飛將在，不教胡馬度陰山」（王昌齡〈出塞〉詩），不到太原怎知「龍城」在何處？這真是旅行的好處！這座擁有兩千五百餘年歷史的古城，如今缺水嚴重，家家用煤，汙染更嚴重。古蹟甚多，但未大力宣傳，人口僅有三十三萬，在這裡只需三萬元人民幣就可以買到不錯的房子。但空氣汙染，水荒嚴重的不良條件下，誰願意在此定居？我們在太原參觀了著名的「雙塔寺」和「晉祠」。雙塔寺造型優美，配合著一座美麗的「迎澤公園」，典麗精緻又不失古樸風範。我們在公園裡的牡丹花圃中尋找到了今春最後開放的一朵牡丹花，真是喜出望外！

晉祠位於太原市西南二十五公里的懸瓮山下，屬中國重點文物保護單位，是奉祀西周晉國開國者唐叔虞的祠堂。因境內有晉水，故改國號為晉。北魏地理學家酈道元在《水經注》中提到此處有唐叔虞祠：「水側有涼堂，結飛梁于水上。」可見北魏時期晉祠已初具規模了。如今晉祠有三寶：聖母殿、魚沼飛梁、唐碑。晉祠又有三絕：宋塑侍女、難老泉、周代柏樹，都是活歷史、活古董呢！七月十七日的下午，全團悠閒地在雙塔寺和晉祠間流連徘徊，不久天色轉暗，下了一場珍貴的小雨，在山西省是很難得的美事。太原是山西省會，第一大都市，這晚，我們住進了五星級的國貿大酒店二十三樓二十二號房間。

## 喬家大院

這趟山東、山西之旅，充滿驚奇，愈走愈精彩，景點處處高潮迭起，遠遠超過我們想像力之外的震撼與驚喜。雖然七月十八日，已在山西省乾涸的黃土高原上旅行覺得疲憊不堪，離家也長達十三天了，著名的太原汾河，只見到一半有水一半乾涸，在十分沮喪

晉祠的周朝柏樹。

之餘，卻意外地在這一天參觀了山西省三大奇景：祁縣的「喬家大院」、平遙縣的「平遙古城」、靈石縣的「王家大院」。

現在回憶起當時匆忙情形，深覺遺憾，因為喬家大院可以仔細參觀一天；平遙古城可以仔細逛個三天；王家大院至少得欣賞兩天，如此方可盡興而歸，不致於一日之內匆匆遊過三大景點，歸來翻閱當地的旅遊書後，方知許多景物、瑰寶在霎那間錯過了。如平遙古城郊區的東方彩塑藝術之寶庫「双林寺」、千年古剎建築奇美的「鎮國寺」、古代的「縣衙」、千年道場「清虛觀」（如今的「平遙縣博物館」），以及一些私家博物館、「鏢局」博物館等等都錯過了。希望有一天再去做一次深度之旅吧！

從太原向西南行，約四個小時車程，就到了祁縣的喬家大院。凡是看過張藝謀拍的電影「大紅燈籠高高掛」的人，都會對電影中的那棟大宅院有深刻的印象，因為這部片子就在喬家大院拍攝的。這座外形宏偉，外觀氣派非凡，宛若城堡，內部富麗堂皇的建築群，被專家學者譽為「清代北方民居建築的一顆明珠」。

一走進喬家大院，即見一條筆直的甬道把六幢大院、十九個小院分隔兩旁，由南往北、從東向西依次排列。第一院（東南院）、第二院（西南院）分別陳列著喬家

大紅燈籠掛在華麗的屋簷下。

的史料和珍寶。喬家大院內現有陳列室四十四個，展示民俗器物、文物珍品二千餘件。其中有三件稀世珍寶：「九龍燈」、「犀牛望月鏡」、「萬人球」，都屬於國寶級的藝術品，我在匆忙中只看見前兩件，第三件「萬人球」，竟沒看到，實在可惜。

第四院（書房院）有蠟像呈現當年師生上課的情形，尚有美麗的喬家花園可供休憩遊賞。第三院、第五院、第六院為民俗陳列館，以人生禮儀，衣食住行、歲時節令、婚姻習俗、農事風俗、經商習俗等為主題。

喬家第一代創業始祖名叫喬貴發，是祁縣一個貧苦的孤兒，由於他刻苦上進，聰明過人，離鄉背井地在包頭苦幹了三十年，才振興家族，於是開始經營全國百貨業，進而在清末創立了票號，票號即今銀行的前身。由於喬家子孫謹遵祖訓，有為有守，商譽最佳，在清末民初成為富甲一方的巨商大賈，稱霸商界二百四十餘年。如今喬家子孫散居海內外，大宅院則捐給政府做為民俗博物館，替政府賺了不少觀光收入。喬家大院，始建於清乾隆年間，後經增修，到民國十年（一九二一年）左右竣工，歷時近兩個世紀，占地八七二四・八平方公尺，是一幢愛好旅遊者不可不看的古典豪宅經典之作。

## 平遙古城

平遙古城據說最早建於西周宣王時期（前八二七—前七八二年），距今兩千七百餘年。當時是夯土城垣，而且只有西、北兩面。以後歷代均有修築，但到明洪武三年（一三七〇年）擴建重築，並逐漸完成為磚石城牆，以後又經過清末共進行二十六次修繕和補建，演變成今天的規模。平遙城牆略呈方形，周長六・二公里。整座城牆由牆身、馬面、擋馬牆、垛口、城門以及瓮城構成。城牆高平均為十公尺，底寬八至十二公尺，頂寬二一・五至六公尺。城門有六道，南北各一，東西各二。城門各建有瓮城，並有特殊武器設備對抗敵人。六座瓮城內都建有廟宇，環城有敵樓七十二座，垛口三千個。城內有馬道，城外有護城河。這座千年古城，且具有保存最完整的明代城牆，於一九九七年十二月三日，被聯合國教科文組織確定為「世界文化遺產」後，聲名大噪，我想

平遙古城城牆保持完整。

平遙古城的城牆上可一覽古城內外風光。

親訪平遙古城的願望等候了近七年才夢想成真。

古城中有古牌坊、古街古巷、古屋泥牆，我們乘坐十人一車的小馬達車在大街小巷穿梭觀光，實在有趣。時光好似倒流至明代……六百餘年前，甚至更久遠、更久遠的兩千七百年前西周時代。

中午時分我們先參觀了平遙古城最大的票號「日昇昌記」，了解古代私人銀行的設備與規章，令人驚嘆連連。當年平遙有票號二十二家，祁縣十二家、太谷七家、太原二家、天津一家、上海五家、雲南一家、廣州一家。清末民初的平遙古城銀行業如此發達，財力之豐富不僅為山西之冠，也是全國第一。

中午在平遙古城最熱鬧的大街上，一家名叫「雲錦成」的餐廳吃到了美味可口的平遙風味餐。道道美食令人讚美，「平遙牛肉」更是風味絕佳，香軟不油膩，與眾不同，我還向餐廳要了菜單，作為特殊紀念品呢！飯後，登上平遙城牆向城內城外遠眺，古城全貌，居民（約二、三萬人）生活，一覽無遺。第一次親眼目睹古城牆上種種建築設備，瓮城之形勢險要，垛口的軍事作用，都有了親臨的感受。三、四小時後離開平遙，依依不捨之情，難以言表。

## 王家大院

從平遙向西南行，經過靈石縣，又參觀一座王家大院，此家大院為靜升王家之大宅院，這家人出了不少商賈、政界英才，因此大約從清康熙三年（一六六四年）至嘉慶十六年（一八一一年）之間，修築起大院來，其中也包括異姓親友，眾志成城，完成了大小院落不下千座，總面積粗計至少在二十五萬平方公尺以上，比喬家大院大得多，也建築得更精緻更具整體結構之美。（我們只參觀三萬平方公尺左右）

根據書中所記它的特色是：「依山就勢，隨形生變、層樓疊院、錯落有致，氣勢宏偉、功能齊全。」除了大而美之外，也具有共同防禦外敵之功能。仔細瀏覽，其屋內外獨特的磚雕、木雕、石雕，裝飾典雅，內涵豐厚，在在具有驚人之魅力。一位建築學權威學者鄭孝燮先生，耄耋之年曾來王家大院考察七次，並讚嘆地題詞：「國寶，人類寶，無價之寶，百來不厭，百看不厭，預祝更上一層樓！」這些話並非誇大，看後即深表同感。

## 堯廟與黃河壺口瀑布

從靈石縣（使我想起唐代小說虬髯客在此初識紅拂女與李靖）向南行，經過洪洞縣——平劇「蘇三起解」的故事發生地，來到盛產汾酒的臨汾市。臨汾又有個美麗的名字「花果城」。古代「堯都平陽」，堯以臨汾為首都，當時的臨

山西的王家大院大小院落不下千座。

汾名叫「平陽」，俗語有「虎落平陽被犬欺」，足見古代平陽聲威顯赫之至。七月十九日上午我們參觀了臨汾市的「堯廟」，廟宇高敞，雄壯宏偉，廣場極為遼闊，高高的白色華表立於廣場之上，這是一九八〇年重修的華表。華表是堯帝發明的，是要人民在上面發表自己的苦衷，原意非常民主，後代君主卻以之為至高王權的象徵，真是大錯特錯啊！

堯廟廣場大路旁有許多巨石，上面以古文字刻著當時的許多民謠，如「康衢謠」、「擊壤歌」等等。其中尤以「擊壤歌」大家耳熟能詳，充分表現四千多年前農業社會的人民思想自由，快樂生活的一面，是我國最古老詩歌之一，詩中歌詞如下：

堯帝時代的民間歌謠：擊壤歌。

山西臨汾宏偉壯闊的堯廟。

日出而作，日入而息；
鑿井而飲，耕田而食；
帝力何有於我哉？

那天在濟南「千佛山」（古歷山）之下與好友們休憩聊天，錯過了登千佛山參觀「舜帝廟」，相當遺憾；如今走過堯廟的殿宇和大廣場，也算不虛此行了！

臨汾酒廠原址應為古代的「杏花村」，這裡因臨汾河，水質佳，自古盛產著名的「汾酒」聞名中國。如今臨汾酒廠規模極大，可能是用地下水吧？當我們看到汾河流經此處乾涸得可憐的模樣，不禁有滄海桑田之嘆！地球被人類汙染，山西被煤礦業汙染，是多麼嚴重的事！古代這裡誕生過唐詩人王維、白居易、柳宗元、宋史學家司馬光、北宋愛國將軍楊氏家族一門忠烈、元代小說家

臨汾酒廠原址應為古代的「杏花村」。

羅貫中等著名人物。山西省古稱「晉」，又稱「三晉地區」，原來春秋時代的晉國到了戰國初期被韓、趙、魏三位大夫「三家分晉」，而分裂成韓、趙、魏三國了。

七月十三日至七月二十日，八天之內從山西北部的大同市（山西第二大城，人口三百餘萬）向南行駛過許多大小縣市，再經臨汾市向左轉，直駛到山西、陝西兩省交界處的黃河壺口瀑布為止，就已經行駛六百六十公里路程了，再加上折返太原市（山西省會，人口僅三十三萬，山西全省人口約三一四五萬）的三百餘公里路程，行程應有一千公里左右，何況還有前一週山東的漫長行程，景點既多，行程又遠，真是古人所言：馬不停蹄，旅途奔波，最後竟會遊子思鄉哩！

最後兩天的行程目標是黃河壺口瀑布。「不到黃河心不死」，黃河的壺口瀑布，據說是天下奇觀，電視上常常看到，此次要親眼目睹。經過十三天的旅遊，大家都累了，但要去壺口瀑布的路並不好走，必須全團的大巴士改換成兩輛小車子，一行四十餘人遂分成兩組，開始在汾河以西的大山奇峰間繞行，山路崎嶇，山崖危險，每個S形彎道都令人驚心動魄，唯恐司機一個不小心，就將釀成巨禍。我們的前任學務長李瑞慶一人坐在司機駕駛座後，密切叮嚀，又防他打瞌睡，她自己七、八小時不敢小睡片刻，真教人感動又感激！而我們在車中顛顛簸簸，時睡時醒，辛苦異常，然而山區的美景變化莫測，欣賞片刻也是大開眼界。

七月十九日下午，終於抵達黃河邊，只見路上一座大牌坊，雙龍搶珠造型，正中央上面書寫「壺口」兩個大字，左邊稍低處寫著「母親河」三個小字，右邊稍低處寫著「民族魂」三個小字。一條寬廣的黃土河床出現了，一道窄窄的黃泥河水也出現了，「黃河河面這麼狹窄啊？」幾乎人人失望地說出第一感覺。黃河為山西和陝西兩省的交界河，兩省中間修建了一座黃河大橋。為了觀賞瀑布要選最佳景點，我們的人車便穿越黃河大橋，到達對岸的陝西省去住宿，那間「觀瀑舫大酒店」三〇二室就成了我們當晚的庇護所。放下行李，休息一小時後，我們就開始隨導遊走向黃河河床去觀覽聞名遐邇的壺口瀑布。壺口瀑布的聲勢和景觀大約比我想像中縮小成三十分之一，至少二十分之一呢！

導遊見我們失望，就說上一週觀光客來時，水勢就大得多，凡上游下大雨，此處瀑布就更壯觀。黃河幾千年來不斷氾濫，使歷代人命、財產損失巨大得無法計算。如今黃河各段落，築水壩、修渠道，早已將黃河的水災化作水利；因此，黃河水小，不再氾濫，灌溉良田千萬畝，也算是現代的水利工程對人民作出的貢獻。

小小的壺口瀑布不夠看，然而歷年河水挾帶大量的黃土高原泥沙，不斷地在河床沖激切割，形成一層層美麗的沉積岩，非常壯觀。河床上留下許多漂亮的小水坑，大水退後，小水坑內猶有積水，人們稱之為「寶鏡」，由於數量多，更是蔚為奇觀。那天黃昏，我們夫婦在河床上散步觀景最久，直到天色逐漸灰暗，才盡興而歸。至今猶忘不了一位缺了門牙的老人家，能擊小鼓，能歌善舞，花了十塊錢請他表演一段打花鼓，他既唱且舞的表演生動活潑，他老人家皮膚黝黑，身手靈巧，動作輕盈，笑容可掬，那白色的衣服、紅色的花鼓、紅色的彩帶，飄盪在黃河黃色河床上，背景有山西省的淡淡遠山，予人一幅奇異而古樸的景象，真教人永遠難忘！

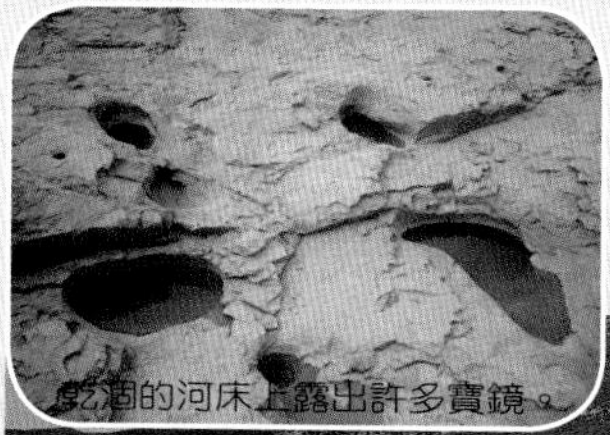

乾涸的河床上露出許多寶鏡。

作者與黃河河床上打花鼓的老人合影。

# 博古雅集——中原訪古行

牡丹花，象徵著榮華富貴，中國人自古以來，文人雅士莫不寵愛它、歌詠它，其中尤以唐代寵之尤甚，幾乎譽為唐代國花。李白名詩〈清平調〉三首中就將貴妃比喻為牡丹，其中如：「雲想衣裳花想容，春風拂檻露華濃」、「一枝紅豔露凝香」、「名花傾國兩相歡」等句子都是明詠牡丹花之美，暗讚楊貴妃為絕代佳人之實。唐人寫了許多詩歌、散文、遊記盛讚牡丹花在群花中稱王稱后的地位。臺灣雖有牡丹花，但地屬亞熱帶氣候，花朵培育不易，因此罕見展出之機會。

唐代文學作品中每每記敘每年春天洛陽牡丹花盛況，這些文獻資料吸引著我，此生一定要去洛陽欣賞牡丹花開之盛宴，「博古雅集」的好朋友們有些人去過，有些人沒去過而心嚮往之，我們遂即組團前往一遊，此事為兩年前的晚春四月，我們去造訪中原古都洛陽，順便重遊一些必去的重要古蹟。此次行程足跡踏經中原三個省：河北、山西、河南，精神收穫之豐盛是難以形容的。

猶記得民國九十三年曾與本校好友們同遊山東、山西兩省，因此民國九十五年「博古雅集」遊歷河北、山西、河南三省時，景點有少部分重覆，但大部分為新增。

## 重遊晉祠

我們從河北省省會石家莊出發，車行四小時餘，首先抵達山西省省會太原市。太原市在山西中部，自古以來即為兵家必爭之地。大唐帝國開國之祖：唐高祖李淵，在隋代時任太原留守，和次子李世民（後為唐太宗）據此國防天險之地，父子聯手擊敗群雄，統一天下，太原在古中國地位之重要由此可知。

西元前一千一百年左右，周天子行封建制度，太原被封為晉國，後來周天子權力被諸侯國削弱，晉國的三位大夫分裂國土，成為三個國家（前四〇三年），這就是戰國七雄中韓、趙、魏三國的來源，因此太原地區又稱「三晉」。太原有著名的古蹟「晉祠」，世世代代供奉著祖先的香火，也就不足為奇了！

去太原必訪的古蹟晉祠，我算是兩年之間的二度遊客了。上次造訪是七月盛暑，此次則是風光明媚的四月天。參觀了必須欣賞的晉祠三寶：聖母殿、魚沼飛梁、唐碑以及晉祠三絕：宋塑侍女、難老泉、三千兩百年前種下的柏樹，雖然一株傾倒於另一株屹立不搖的巨樹幹上，但至今兩樹雖枝枒老去而綠葉卻蒼翠盎然，令人感嘆不已！古老柏樹見證了歷史的滄桑，相形之下，對於「生年不滿百，常懷千歲憂」的我們，顯得人不如樹，何其渺小，人又何必斤斤計較，怨天不公呢？人應當以謙虛胸懷，持盈保泰，知足常樂地度過這短短的一生吧？

我們在三千餘年前的兩株周代柏樹下拍了照片，商人立即為我們做成紀念胸章，真是意義非凡！晉祠的春天，花樹盛開，楊柳青青，溫暖的陽光照遍大地，藍天如寶石般剔透，心情十分暢快。當地人說：「你們這一團真是幸運，前兩天還有沙塵暴，連走路都困難重重呢！你們一來，天氣就晴朗了。」真是奇蹟呀！

晉祠美麗的窗景中也有春天。

晉祠春柳迎接遠方來的遊客。

## 太原煤礦博物館

導遊又帶我們參觀「太原煤礦博物館」。太原古稱「并州」，唐詩中又稱「龍城」（王昌齡〈出塞〉詩：「但使龍城飛將在，不教胡馬度陰山。」龍城的「飛將軍」即是漢代的李廣大將軍，使匈奴人聞之喪膽），自古為邊塞重鎮，殊不知此地地下儲存著大量的煤礦，百餘年來開採不絕，而其中尤以無煙煤最為精良。我們在太原煤礦博物館的陳列室裡看到各種不同的煤，最令人讚嘆的煤，光燦漆黑如黑色寶石，簡直令人難以置信，這使我聯想到黑色之美：傳說荷蘭種出黑色鬱金香、英國培育出黑玫瑰、洛陽有黑牡丹，眼前的煤中極品，似乎可雕琢成黑色寶石了！其實科學上證明根本種不出黑色花朵來，因為無法以光合作用產生黑色花朵，所謂的黑色鬱金香、黑玫瑰、黑牡丹都屬於深紫色花朵而已！這最高級的煤結晶也自然因鬆脆的本質而無法變成珠寶。

我們又搭乘電梯深入煤礦最深處，參觀地底實景，處處有礦工蠟像，生動地表現古代礦工和現代礦工辛苦程度的巨大差異，更體現了二十一世紀科技應用到礦場中對工人的保護與造福設施；但是，這項工作還是非常艱辛和危險的，若不是公司大老闆想發財，小老百姓要養家活口，誰願意深入地下工作，面對不知何時會遭遇礦坑崩塌，慘遭活埋的悲慘命運？旅行使我們更加了解不同的人生，更加珍惜自己擁有的福氣，這是人生應學的另一堂課程。

晚餐在太原的一家豪華大飯店享用，各式魚肉菜餚均美味可口，不輸給任何省份的濃郁香醇口味，而山西省的麵食更是美味可口，咬勁十足。用餐時，廚師親臨席間表演真功夫：刀削麵、撥魚麵、拉麵、甩麵。不但看得我們讚嘆拍手，而且廚師還教我們現學、現煮，煮好了當場端上桌，分享彼此的成果。

當晚胡榮華老師的表妹、表妹夫自遠方來相見，共享晚餐，那份相隔萬里、血濃於水的親情與溫暖，也和我們的「博古雅集」迷你小團員歡悅地融合為一家人似的。這就是我親眼目睹的兩岸親情難忘之景。

## 常家莊園

山西人肯吃苦，又有經商天賦，因此自清代以來產生不少富可敵國的大商人。他們熱愛家鄉，賺了大錢後往往修築大莊園，命子孫用功讀書，世代經營，保護祖產，因此山西多大院，也多了儒商世家。兩年前我們參觀過「喬家大院」和「王家大院」，這一次，我們從太原市到了晉中市的榆次區，參觀了另一座更大更美的「常家莊園」。

常家莊園遠遠望去，彷彿是一座古代城堡，具有完美而古典的城門樓，拱形城門洞入口，城牆高如故宮，城牆外尚有深深的護城河，高大巍峩，雄壯威武，可說是氣勢驚人，令常去欣賞中國南方蘇州園林精緻小巧的遊客大吃一驚，這才領教到了南方與北方建築之巨大差異了！

走過一座高大寬闊的護城河上的青石拱橋，走過深深的城門洞，眼前所見乃是一條大街，既深且長，兩旁的商店林立，其中飯店尤多。清代的青石、青瓦建築群中，可以看見許多古建築的特殊裝飾與設備：例如家家大門內都有雕塑典雅的影壁，街旁有旗桿、華表（一

「喬家一串院，常家二條街」形容常家之規模，確實像一座大城堡。

種紀功的石柱）、栓馬石、上馬蹬、石獅、金匾、對聯等等，一時之間，使人產生錯覺，恍如時光倒流到幾百年前。

當地的諺語說：「喬家一串院，常家二條街」，對於兩家大宅院都去過的我來說，這話是千真萬確的。喬家大院，小而精美；常家莊園，大而壯麗！常家莊園占地六十萬平方公尺，共有房屋四千餘間，樓房五十餘座，園林十三座，規模之大，可以想見。

常家莊園中最令人難忘的有三個建築群：「常氏宗祠」、「靜園」和「常家書院」。常氏宗祠建於清光緒五年，歷經三年始完工（一八七九—一八八二年），耗銀兩萬餘兩，院寬二十五公尺，進深一百多公尺，是我見過的最大宗祠，門前的旗桿，標示著常家為儒商，他們家出現了一位進士，名叫常麟書。走進一重一重的大門，但見祠堂莊嚴肅穆，名人贈匾、聯語、木雕、石雕，看

常氏宗祠的子孫槐種於一八七九年。

常家莊園的靜園是中國北方最大的園林。靜園中沼余湖畔的奇石。

得人眼花撩亂。常家歷代祖先克勤克儉、經營有成，庇蔭子孫的豐功偉績。院中一株長相怪異的「子孫槐」剛冒出春日新葉，頗引人注目，原來此樹種於一八七九年，與常氏宗祠動工之年同時栽種，當地人俗語說：「千年松，萬年柏，不如老槐拐一拐。」以此說明槐樹生命力的持久與旺盛。

常家的後花園——靜園，是目前北方最大的私家花園。它與古民居文化融為一體，在中國古代建築史上極為罕見。內有樓臺亭閣、假山奇石、遼闊蓮池、杏林佳木、波浪形圍牆、奇特的「觀稼樓」以及罕見的「八卦影壁」。

山西常家莊園內共有園林十三座，其中

尤以靜園最大最美。常家莊園內影壁多達八十六處，而靜園影壁雕刻為八卦圖形，八卦圖自古見於道觀，罕見於民宅，因此被視為稀有珍飾，值得觀賞。靜園內有一座天然湖，名叫「沼余湖」，湖畔嵌以珍異奇石：虎皮石，是我們第一次見到的奇石，其餘各類奇石也是常家從各地搜購而來，美不勝收，遊湖觀石真乃賞心樂事。園內尚有拱橋、曲水流觴、樓臺亭閣之設計，將中國北方園林的遼闊深秀之美發揮到極致，這景觀與江南蘇州園林的小而美是極端不同的。

由於時值暮春，靜園中花草樹木猶如從冬眠中甦醒，我們發現新嫩的柳條兒上，竟開出一串串的翠綠色柳花兒；又看見一株株即將萎謝的桃花，若是早來一個月，僅僅賞桃花就值回票價了；不過最難得的是第一次看見梧桐花開，只見大朵大朵的淡紫色花兒一簇簇地傲立於梧桐樹的高枝上，背景襯以北國的藍天，那景色美得讓人驚豔；更意外的是與數十年來只聞其名而未見其廬山真面目的「紫丁香花」相逢；南唐中主李璟（李後主

在常家莊園第一次看見柳條兒開花奇景。

之父）詞中的「青鳥不傳雲外信，丁香空結雨中愁。」是多麼有名的詞句，丁香花呀！妳究竟長得什麼模樣呀？真教我迷惑了大半輩子，這次終於萬分意外地發現了妳。小小的丁香樹，開滿了一團團如煙似霧般的紫色小花兒，美得朦朧、美得神祕、美得令人憂傷！

擁有房屋四千餘間，樓房五十餘座，園林十三座的常家莊園，富甲一方，他們居然在最大最幽雅的靜園裡修建了一座典雅莊重的樓臺，名曰「觀稼樓」，此樓的外型幾乎與中國三大名樓（岳陽樓、黃鶴樓、滕王閣）之一的岳陽樓有幾分神似呢！原來常家雖因經商致富，仍免不了買田置產，保有中國以農立國之精神，攀登上觀稼樓，主人非但可以欣賞沃野千里、阡陌縱橫、農作物一片欣欣向榮之美景，順便還可監視農人是否辛勤工作呢！這也是奇觀之一，中國人另一種智慧表現於古代的經營管理學問之中。順便一提的是常家莊園單只一座靜園似乎就比我們的大安森林公園還大得多呢！

常家莊園的觀稼樓，主人可以登樓遠眺田園耕種與收成的情況。

「常家書院」也屬古典的清代建築群。常家為提升門風，以「儒商」自居，子孫輩們必須好好讀書，在重視讀書人的古人觀念裡，士、農、工、商依序論身分地位，居於最下層的商人，力圖求取富貴與功名之平衡，他們自設良好的書院，禮聘名師以教育下一代，這種眼光也是普遍晉商都具備的，因此喬家大院、王家大院、常家大院都是如此，號曰「儒商」。山西四大莊院，我去過以上三家，只剩渠家大院尚未拜訪。

## 夜宿平遙古城

原本只為了欣賞洛陽牡丹花來到中原地區，想不到二度重遊，發現了常家莊園之大之美，第二則令我驚喜的是再訪平遙古城。猶記得二〇〇四年的夏天經過平遙古城，吃一頓午餐，匆匆走過古街，登上城牆參觀，三、四小時的短暫停留，便依依不捨地登車駛離。沒想到過了兩年（二〇〇六年），又順道重遊平遙古城。這一次足足停留二十四小時，可讓我慢慢體會、仔細聆聽，那古街的聲音、樣貌、氣氛和兩千多年來的古老歲月痕跡，以及中國人不屈不撓的生命力。於是由下午至黃昏，由豐盛的平遙午餐、晚餐（尤其令人難忘的具有特殊魅力的平遙牛肉）到古街夜遊，之後夜宿平遙古城的驚喜與快樂，一定得費一番筆墨來敘寫，因為我們的旅行團真正體驗到了一夜住古城的奇妙經驗，而這並非拍電影、拍廣告，玩假的，我們可是真正住在和喬家大院（電影「大紅燈籠高高掛」在此拍攝）極為類似的古城大宅院開設的旅館裡。

「雲錦成」旅館大廳古色古香，裝飾優雅，服務員身穿古裝接待，當領隊林汶里小姐隨服務員引領我們迷你小團進入大廳的後院時，我們像孩童般地既興奮又驚喜地讚美不已，因為穿過狹窄的甬道，便看見晉商當年富甲天下時的豪宅真貌。一進一進的院落，一棟一棟的古典房舍，迴廊曲折，重重花牆與造型美觀的大門，吸引我們彷彿進入迷宮，此時方能體會到歐陽修詞中的「庭院深深深幾許？」的意境來。

每座房屋大小、方向、造型均不同，兩人一間，我和外子張震住第一進院落的左首房，正當我們興奮地打開古典木製鏤花大門，將行李箱拖了進去，我們立刻被北方的大炕床所吸引，因為平生第一次要睡炕床呢！原來北方入冬天寒地凍，這種床用磚砌成，當中是空的，冬天可以燒火取暖。炕床大得足足占全屋三分之一，上面可供八人至十人睡覺，不過，今晚我和外子卻可享用這麼大的炕床，可真樂得想在床上打滾呢！此時開始後悔沒帶兒女來共襄盛舉！

屋子正中央是小客廳，清代的傢俱，堂上的四面屏風有中國名人故事畫，高腳几兒上放著四個美麗的花瓶，象徵著四瓶（平）八穩的吉祥意義，書桌、茶几、椅子都是明清式樣，連茶杯都是可愛的蓋碗茶。只有隔壁的衛浴設備是西式的，進屋休憩的片刻，真有時光倒流，回到古代的感覺。

此時此刻真不知我的朋友們：殷雪萍老師和她的女兒、胡榮華老師和張福珍老師、于立蕙和她的船長先生究竟住到哪些宅院裡去了？總之，那一夜我們成為平遙古城的過客，住在此城兩三百年

平遙古宅牆上的雕飾原來是一枚清代的錢幣，足證當時這裡是全國金融中心。

以前，某一位大富商修築的古宅裡，而當年這宅院裡密藏過金山銀山，眾多的僕人和侍婢，服侍著這兒的老爺、太太和孩子們，我們有幸在此過一夜，也真是生命中的奇遇呢！

第二天早晨，大家早起，坐在大廳臨街的雅座上享用早餐，傳統的花格綺窗上，貼著一大幅一大幅精巧無比的山西平遙剪紙藝術，鏤空的紅花圖樣裝飾著現代的玻璃窗，真有時光交錯、古今相融之感；狹窄的古街有小型汽車緩緩駛過，使人不太相信時代已強迫這座有兩千多年歷史的古城，不得不邁著蒼老的腳步往前行走。

用完早餐，我們重又參觀昨夜住過一宿的溫暖大宅院。青瓦青磚的院牆上，圓形的雕刻原來是一枚圓形方孔的「錢幣」造型，足證這裡是清代金融中心——山西票號創始地。院內的大水缸想必是預防火災所用之儲水；太師椅、高几兒安置牆下，想必是供遊客攝影留念用的；石桌石凳置於院中，既美觀又可供沏茶聊天；各間屋簷下都懸掛著大紅燈籠；窗上彩繪和剪花貼紙都精緻美妙，北方人的豪邁中又透著藝術品味與巧思，在建築藝術上也充分地表達出來了。

平遙古城早已列為世界文化遺產，我兩度造訪，一次匆匆路過，遺憾不已，再次能在古城古街走了兩趟，然後在最令人神往的市區中心晉商豪宅裡住上一晚，終至沒有遺憾了！離開平遙古城後，我提議自費增加一個景點——双林寺，因為在旅程上並未安排，也不順道。双林寺位於平遙古城西南六公里的橋頭村，歷史也有一千五百年左右了，千餘年來歷經戰火兵災，於明清兩代有過重大的重修工程，我曾在電視上看過這裡的菩薩全是彩塑泥雕，有「東方彩塑藝術的寶庫」和「世界珍寶」之美譽。

## 双林寺的彩塑藝術

双林寺由十座殿堂組成三進院落，是座不算小的名寺，可惜遊客極少，僧侶也少，多的是在院落中學習彩塑人像的學生們。看過許多大小寺廟，菩薩造型似乎千篇一律，太世俗化，缺乏藝術的魅力與感動人心的靈動氣息。双林寺中擁有大小兩千多尊的佛祖、菩薩、金剛、神將、羅漢以及人世間許多供養人物的塑像，而且是彩繪泥塑的，並非一律貼上金箔或塗上顏料即可便宜行事的。

双林寺的大大小小佛像、人像是栩栩如生的，各種坐臥姿態、各種喜怒表情、高矮胖瘦的幽默感，都由古代藝術家而非由一般工匠一個一個單獨塑造而成，並且非常注重彩色之柔美，幾乎可以與西洋雕塑平分秋色。例如：釋迦殿壁塑像、釋迦涅槃塑像，人物眾多，工程浩大，生動異常；渡海觀音之優雅美姿與充滿智慧的眼神，教人看了感動不已；另外有多言羅漢、啞巴羅漢、英俊羅漢、瘦羅漢、病羅漢與矮羅漢，都活靈活現、親切幽默，望之令人莞爾，深覺這才是真正的佛教藝術瑰寶，具有生命力、感染力的極品傑作呢。

在山西第二度重遊臨汾的「堯廟」，由於是新修的建築，它的規模宏偉，氣勢不凡，相信百年之後更有可觀，此處先省略掉。

## 關公的故鄉

山西運城，古稱解州，有一座喜歡看《三國演義》的人必須參觀的古蹟，那就是關公故里的「關帝廟」，代表中國人特有而崇高的精神——忠義。劉備、關公、張飛三位英雄人物在桃園結義，拜把兄弟，三人誓言：「不能同年同月同日生，但願同年同月同日死」的精神不知感動了多少人！

清代康熙皇帝正式為關公追封為「關聖帝君」，從此，中國各地的關帝廟愈來愈多，香火鼎盛，與媽祖廟一樣，擁有眾多的信徒。關公的家鄉在山西運城，這座寺廟規模之大，真遠超乎我們的想像力。孔子沒當過一天皇帝，死後有「素王」之稱；

關公也沒當過一天皇帝，死後仍追封為「帝」，這都是由於他們二人的人格太偉大了，一文一武，感天動地的精神，足以令後代炎黃子孫奉為宗師，他們的人格特質和偉大的心靈，永遠引導人們做好人、做君子、做仁人……。因此關公故鄉的關帝廟內，有一面雕著彩龍的牆壁（媲美帝王）也就不足為奇了！

關帝廟前的牌坊雕刻就夠讓人仔細地欣賞個十幾分鐘了。何況它的古典拱門、高大的紅牆、結義園精緻的牌坊、恢宏的廟宇、青龍偃月刀的神奇、一千四百餘歲的古木、數百歲的古藤纏老樹、園林中樹木花卉極多，其中以銀杏樹和春天盛開的槐花樹，最令人佇足欣賞，久久不忍離去。古木中有成群的鳥兒，身形既比尋常的鳥兒大，又毫不畏人，牠們在天空中自由飛翔，又從我們頭頂、身旁飛過，自由又幸福的樣子讓我仔細欣賞，鳥兒啊！你們是多麼自由、幸福又美麗，能棲息在這麼不平凡的寺廟裡，我雖不知你們的名字，姑且稱你們為「武聖鳥」吧？

關公的青龍偃月刀（仿製品）。

山西的窯洞——地窨。

## 拜訪窰洞

黃土高原上的窰洞是我很想親自去探訪的地方，可惜上次去山西行程上沒這種景點，此次中原之行剛好補上此一景點，得以一償宿願。常常在電視上看見一排一排依山而挖掘的拱形門住居，黃土黏性高，屋子彷彿防空洞卻不崩塌，前面只需加上一面拱形門窗即可。

這一次領隊林小姐帶我們參觀另一種窰洞，簡直令我們難以想像的神奇。這種窰洞位於黃土坡上，遠望過去不易發現，及至在村落中走了一小段路，才意外地發現地表凹陷下去一個四方形的大院落，深度約有兩三層樓高。從四方形的邊緣，導遊找到了一扇大門，沿著斜坡道走進去，就到達窰洞的民宅裡。四方形的院落裡依然有春天的陽光照射下來，庭中種植著綠樹，青翠宜人。四面黃土牆上打造了一排排的拱形門窗，以青磚砌邊，配以木質門窗，裡面即是人們居住的窰洞，當地人稱作「地窨」。一位樸實的窰洞女主人前來迎接我們，歡迎我們參觀她的家居生活。洞內據說是冬暖夏涼的，傢俱極其簡陋，牆壁上貼滿報紙，女主人正在蒸饅頭，還熱情地想讓我們嘗嘗。洞內有電燈，門口有水缸，生活方式仍維持在百年以前的水準，許多窰洞都已廢棄不用了。女主人說年輕人喜歡住高樓大廈，紛紛搬走了，剩下的中老年人守著古老家園，守著這片黃土地和依戀著他們的羊群們，共同分享著這古老而傳統的生活方式。女主人滿心喜悅，充滿純真的表情，讓我們感受到他們活出認真、無欲、知足常樂的人生哲理。

## 龍門石窟

接下來參觀河南省洛陽伊水旁的偉大佛教藝術寶庫——「龍門石窟」。石窟依山石而鑿成，大大小小超過一千三百餘個，佛像大大小小也多得數不清，我曾參觀過甘肅省敦煌千佛洞、山西大同的雲崗石窟，如今又來到河南伊水旁的龍門石窟，佛教文化影響中國人文藝術之深遠一望即知。參觀龍門石窟的人潮太擁擠了，我們退回伊水邊欣賞遠景。此時我被春日的伊水迷惑住了！龍門石窟充滿陽剛之氣，如壯士如英雄；而伊水則充滿陰柔之氣，如美人如少女。伊水河寬水深，河面上有華麗的龍舟遊艇輕輕漂盪，碧波上的煙霧迷離，牢牢地吸引著我的視線，這一剛一柔、一動一靜、一山一水的絕美風光真正教人難忘啊！

## 洛陽牡丹花展

二〇〇六年四月二十二日，我們終於來到此行真正的目的地——洛陽，參觀一年一度牡丹花花展。洛陽賞牡丹早在唐代已成為春日盛會，上自長安皇宮內苑，下至洛陽城內，人們莫不讚嘆這種象徵榮華富貴的名花，除了李白的〈清平調〉是明詠牡丹花，

龍門石窟一景。

暗讚楊貴妃之外，白居易的〈惜牡丹花〉也是後代爭相仿效的名詩，詩云：

惆悵階前紅牡丹，晚來唯有兩枝殘。
明朝風起應吹落，夜惜衰紅把火看。

洛陽氣候與土壤最適合栽種牡丹，因此河南洛陽自古即為培育各種牡丹花的重鎮，雖然全中國都有許多地方尋得到牡丹的芳踪，例如我曾在杭州西湖畔的牡丹亭下欣賞到牡丹花，也曾在河北省隆興寺驚見一大片牡丹花，但相較之下，總不如在洛陽花會上看到的姹紫嫣紅，群芳競豔的驚人之美。

二〇〇六年洛陽的「神州牡丹園」已是中國大陸第二十四屆牡丹花展。但自古以來，只要太平盛世，沒有戰爭或天災，想必是年年有牡丹花展，歲歲有愛花人前往賞花。不過花期不長，去早了花尚未開，去晚了只見花謝空留惆悵，從遙遠地方去洛陽參與盛會是必須先打探花期的喲！

洛陽的牡丹花花朵碩大，嬌豔無比。

那一天，我們被滿園的牡丹花盛開場面驚喜得無法用言語表達了！歷代文人雅士為牡丹花命名可說是群芳之冠，各種美麗的名字，一一描繪出牡丹的特色，也充分透露出文人的各種巧思。例如：正紅色的名叫「大紅袍」；紫紅和桃紅色的名叫「洛陽紅」；粉色、花蕊細密、花瓣繁複的名叫「昭君出塞」；單瓣白色的名叫「鳳丹白」；顏色深紫、複瓣的名叫「黑牡丹」；淺黃色、花蕊是金黃色的名叫「金絲貫頂」；粉色、花蕊繁複的名叫「洛都春豔」；淺綠色、複瓣的叫做「綠牡丹」；鵝黃色、複瓣的名叫「姚黃」；另外，還有「中秋月光」、「手心黃」、「牡丹仙子」、「二喬」等等數不清的牡丹品種。可惜「牡丹仙子」和「二喬」未曾見到。「牡丹仙子」是白色的，花蕊中有人形的小仙女，頭上彷彿戴著紅花，上身穿白衣，下著紅羅裙，非常奇妙而罕見；「二喬」命名來源是比喻如三國時代東吳著名姐妹花美女大喬與小喬而來。原來這種牡丹，一朵花中有兩種顏色：一半桃紅，一半粉白，真是美妙到不可思議的地步。這兩種奇葩可惜未曾親睹芳澤，略感遺憾。

那一天，我們欣賞到畢生難得一見的牡丹花盛開期，我的「博古雅集」好友們：殷雪萍老師、胡榮華老師、鄭船長和于立蕙賢伉儷，以及我與外子張震，莫不為欣逢牡丹盛開而不虛此行，快樂興奮地又跳又笑又連連驚呼讚嘆，手舞足蹈的樣子，簡直像時光倒流，回到快樂無憂充滿稚氣的童年。

## 後續行程簡介

在河南欣賞到姹紫嫣紅、嬌姿妖嬈，滿園春色的牡丹花展後，我們已心滿意足，以後的精彩行程似乎都變得沒那麼重要了。其實，我們的行程是深具歷史文化考古各方面的意義的。例如：建於東漢明帝時代的「白馬寺」，距今已有一千九百餘年的歷史了；位於洛陽東南方登封市嵩山縣的「少林寺」，創建於北魏孝文帝時代，距今也有一千五百餘年，還參觀了少林寺武術表演；經過河南省省會鄭州時，欣賞鄭州清潔整齊的街景，還在「老媽火鍋」

少林寺的塔林。

少林寺武術表演。

店，享受美味大餐，其中尤以火鍋中的「一根麵」，看到不可思議的一根長長的麵條的絕活，讓大家驚訝得目瞪口呆。後來暢遊河南開封的「清明上河園」，是模仿宋代張擇端所繪的「清明上河圖」修建的大型園林，非常值得一遊，比杭州的「宋城」規模更大更逼真。之後還到河南安陽市參觀了甲骨文的發現地——「殷墟」，此行之豐收，真是行前意料不到的精彩！

## 成都——美麗的芙蓉城

二〇〇二年盛暑八月，我與外子自助旅行，目的地為號稱「天府之國」的四川省成都市。昔日曾因長江之旅、九寨溝之旅二度過境成都，每次一日，總覺對這座深處內陸的城市充滿了好奇，尤其我於抗日戰爭中誕生於成都，更有一種非去成都走走，揭開兒時懵懂無知如迷霧般神祕面紗的衝動。這次成都之遊共十六日，每日裡在這座擁有八百多萬人口的都市中遊逛，倒也實際體會了成都市今日概況。

### 成都名勝古蹟多

常聽先父與兄姐說成都有堂姐一家人，熱情好客，我們初抵陌生城市，便乘計程車按址詢問，司機一路問，直問到堂姐家大門口。原來堂姐的子女們都上班去了，堂姐陪堂姐夫去醫院打點滴，留下一位十一歲的外孫女劉婧在家等候我們。不久修華堂姐與病中的姐夫歸來，才初次相見，他們的熱情、善良與親情的自然流露，便把雙方的距離拉得好近好近。晚餐時分子女們下班歸來，個個熱情似火，端茶的端茶、勸食的勸食，一桌子好菜鮮有不辣的，他們知道我們的清淡口味和怕辣的習慣後，以後在家用餐與外食都會找適合我們的菜色了。

堂姐為我們找一家距她家只隔一條馬路的「冶金賓館」，二星級又打七折，每天約合臺幣四百元，套房寬敞又清潔，位處市區中心，交通便利，我們連住了十五天。

我買了一份成都市地圖，首先把成都的名勝古蹟圈出來，決定仔仔細細地去遊覽，一天一個景點，走累了就坐茶館休息。如：杜甫草堂、武侯祠、都江堰、青城山、文殊院、青羊宮、望江樓公園、百花潭公園、樂山大佛、我的出生地簇橋、我第一次遷居地百花橋與著名的浣花溪……。

為了不麻煩堂姐全家，我們說好了要自己逛成都，但郊區或我們不知道的景點，就留在星期六、星期天由堂姐或姪子、姪女們陪我們玩，如此大家方便、皆大歡喜，病中的堂姐夫也不覺遺憾。

第一個節目便去拜望「杜甫草堂」，以前隨團旅行，總在一、兩個小時內匆匆瀏覽、快速拍照，以便「回家仔細觀賞」，當時之倉促真是走馬看花，唯恐不小心跟不上團隊，走失了又急又窘，還得擔心延誤了全團下一個行程。這一次可輕鬆多了，把杜甫草堂的大廟、史詩堂、柴門、水檻、水竹居、工部祠、浣花祠、杜詩木刻廊都仔細觀覽，走累了在石椅石桌前坐下，欣賞滿園的古木。七五九年冬，杜甫因避安史之亂流亡到成都，在浣花溪畔蓋起了一座茅屋，便是他詩中提到的「萬里橋西宅，百花潭北庄」的成都草堂。在這裡他居住了將近四年，寫詩二百四十餘首。後人為紀念詩聖杜甫，自宋至清對草堂舊址修葺了不下十次，如今更大加開發擴充，成立了「杜甫紀念館」。我喜愛那千竿翠竹、參天銀杏和美麗的紫薇花，還有那珍貴的楠木、高大的核桃樹和盆栽的荷花，幾朵清麗絕倫的荷花觸手可及，清芬宜人。

我們細讀走廊上各書法家木刻的杜詩，幾乎每首都不忍忽略，其中以「兩箇黃鸝鳴翠柳，一行白鷺上青天」的絕句，與

草堂園林一景。

〈茅屋為秋風所破歌〉最令我感動。杜甫詩云：「安得廣廈千萬間，大庇天下寒士俱歡顏。風雨不動安如山，嗚呼！何時眼前突兀見此屋，吾廬獨破受凍死亦足！」一千二百四十餘年前杜甫的茅草屋被秋風吹破，茅草被捲走，他不僅記錄了當日窘況，不怕人恥笑，又但願有一天全天下的貧士都有風雨不動安如山的大廈可住，這種胸襟仁慈寬厚與偉大的宗教家何異？如果他能眼見今日成都高樓大廈林立，全中國、全世界大多數國家人民都安居廣廈之中，他將是多麼滿意與安慰啊！

原想在草堂園區內的「老瓦盆飯庄」吃午飯的，想不到他們停業了，所以在下午近三點尚未用餐的情形下，依依不捨地走出杜甫草堂在附近覓食。飢腸轆轆，身體疲乏，好不容易走到一家位於二樓頂層的「綠野茶園」，心想沒午餐供應，總會有點心供應吧？想不到進入茶館，發現室內空間廣闊，冷氣開放，圓桌、藤椅清幽舒適，室內以大盆栽隔間，室外涼亭、水榭，綠意盎然，落地窗明亮潔淨，室內室外融成一片。穿著蜀絲錦綢的傳統服裝的男女服務生，個個彬彬有禮。我們各吃一碗麵才用了四塊錢，一盤青菜還免費奉送，茶資打五折，每杯十五元，外子點「峨嵋毛尖」，我點「龍都花茶」。倒茶的男侍者提一把古銅色金屬大茶壺來，壺嘴既細且長，大約有一尺半吧？他竟表演起令人驚羨的倒茶絕活來：先在我們放好茶葉的玻璃杯中倒進大約八分之一的開水，替我們「溫杯」，忽地一轉身背對我們，以長長的壺嘴反手從他背後為我們繼續倒水，兩杯茶都精準無誤，倒至九分滿即停，決不溢出，也沒燙傷自己、濺到客人，真是一門絕技，我忍不住地讚嘆！隨茶附贈瓜子一盤、果乾一盤，隨你愛坐多久坐多久，對於我們勞累的旅人，真是莫大的享受！當你才喝下四分之一的茶水，溫柔可愛的成都姑娘立刻為你注滿滾燙的開水，決不讓你茶水變涼，這是怎樣的一種訓練，真讓顧客受寵若驚啊！

「武侯祠」為紀念劉備、諸葛亮等蜀漢君臣合祀祠廟組成，始建於二二三年，是座距今一千八百年的三國時代古蹟了。祠名武侯祠，是以紀念諸葛亮為主，沒有他也就沒有蜀漢，

成都武侯祠園景。

也就沒有三分天下的歷史故事了。「靜遠堂」有諸葛亮塑像，此樓之名取自他自創的座右銘：「澹泊以明志，寧靜以致遠」而來的聯語，令人肅然起敬。「結義樓」是紀念劉備、關羽、張飛三人桃園結義的偉大情誼，而設了神廟以供後人瞻仰、效法。「結義樓」三字之匾額字很美，為趙蘊玉所題。聯語非常精彩：

紅面關黑面張白面子龍面面護著劉先生
奸心曹雄心瑜陰心董卓心心奪取漢江山

把三國時代誰是英雄，誰是奸雄言簡意賅地分辨出來，讓後世人大呼暢快！靜遠堂的匾額贊語為：「名垂宇宙」，書法為果親王題，而劉備廟的匾額贊語為：「神聖同臻」，請猜猜看這匾額是誰贈送的？這一次我終於有充裕的時間看清楚了，原來是道光乙巳年「靴鞋行眾姓弟子立」，不禁聯想到劉備初為平民時是賣草鞋的，一個賣草鞋出身的竟然當上了皇帝，難怪千餘年後的同行們尚深感光榮不已呢！劉備像居中，右邊是張飛像，左邊是關公像，塑得性格分明、正氣凜然。園內又新增了桃園三結義的現代石雕像，功力與朱銘近似。新增的「喜神方」、新發現的「聽鸝館」、「聽鸝苑」亦逐一仔細觀覽，最後面赫然見到一座古意盎然的四合院式露天劇院，據說夜晚演川劇「變臉」，白天為茶座，我們走累了，禁不住又坐下來喝一杯道地的成都蓋碗茶。

這兒看一場川劇變臉門票一張五十元，可惜我們已託堂姪代購「順興老茶館」的川劇變臉門票了（一張三十五元），真不知哪家表演精彩些？我曾想看兩場做個比較，但旅行的日子不算多，可別貪心，下次再來吧！

「文殊院」是中國著名佛寺，禪宗四大修持叢林之一。文殊院古名「信相寺」，創建於隋大業年間（六〇五—六一七年），曾毀於明末兵火。清康熙三十六年，慈篤禪師發願恢復，因其德行遠播，人們以為他是文殊菩薩化身，官民捐資重建，並改

成都最著名的佛寺文殊院一景。

名文殊院，目前共有五重殿宇，殿堂房舍二百餘間，是成都歷史最悠久，占地最大的佛寺。我們在寺內裝潢精美宜人的四合院式餐廳吃素水餃，當時播放的音樂正是電影「真善美」主題曲「小白花」，真令人意外！因為前幾天外子挽著穿白紗禮服的女兒，從臺北靈糧堂正門口走向新郎與牧師講臺，他們走在紅地毯上，臺旁由黃淑楨教授以女高音唱「小白花」，動聽極了，這是女兒最喜歡的一首歌曲。沒想到在文殊院內這佛教餐廳裡居然聽到了它，不過卻是男高音唱的，真是意外。

「青羊宮」是中國著名的道教宮觀之一，始建於周，興盛於唐，歷宋、元、明、清，屢經滄桑興廢，至今仍基本保持原有規模。其得名由來，據唐代樂朋龜〈四川青羊宮碑銘〉介述：「太清仙伯敕青帝之童，化羊于蜀」，故有此名。青羊宮有八角樓一座，柱子上全為龍形，栩栩若活。宮內大殿供奉一頭青羊，狀似羊，然而仔細觀看，牠卻具有十二生肖的特徵：頭似牛卻有山羊鬍鬚；頭頂長一支龍角，卻少了兩隻羊角；耳似鼠，頸有馬鬃，脖子如兔，胸如猴，腿似雞，爪如虎，體如犬，臀如豬，尾似蛇，真是身兼十二生肖特徵的怪胎羊，曾見過「四不像」的怪物，但這回總算見到一隻「十二不像」青銅怪獸。聽說此羊曾遺失數百年之久，後被一商人從北京古董市場購得，再捐贈給青羊宮，羊歸舊址，回復它鎮宮之寶的榮譽地位。

人們在青羊宮內燒完香後便在院內古樹下喝茶、打麻將、玩紙牌、擺龍門陣……高大的銀杏樹下、茶座裡，到處都是有「閒」階級，頗令人稱羨。每回遊古蹟區都搭計程車或三輪車，所費不貲，偶爾也乘坐公共汽車。冷氣巴士每人兩元，沒冷氣的每人一元，車輛新，有車掌，且一票到底，非常便宜。在公車上無意間見到一首〈公交詩〉詩題為「給扒哥」，非常幽默，教人難忘：

喂，別這樣
把手縮回去
那是別人的包
喂，別這樣
當你掏走了別人的東西
你的心已被自己掏掉

晚間，我們逛百貨公司，品嘗成都小吃，有名的小吃如「龍抄手」（抄手即餛飩）、「賴湯圓」、「韓包子」、「陳麻婆豆腐」（太辣，我們沒吃）和李明娜老

青羊宮內的鎮宮之寶——
一頭包含十二生肖的青羊。

師極力推薦的：「妳到了成都一定要去『皇城老媽』吃『鴛鴦火鍋』！」因此，我們抵成都的第二天晚餐就請堂姐全家去「皇城老媽」吃鴛鴦火鍋。所謂的鴛鴦火鍋，即火鍋中間分隔開，一半辣的，一半不辣。四川人每個人都能吃火辣辣的食物，不吐舌、不流汗，真是厲害！連小朋友都練得一口好功夫！火鍋料很名貴，有鱔魚、桂魚、四川特產的小肥魚——黃蠟丁，牛、豬、雞等肉類，名貴的牛肝菌、各種青菜等等，一餐十人份的兩個火鍋就花了五百多的人民幣，堂姐大驚，因為超過了她一個月的退休金（堂姐夫位階高，每月退休金有一千五百元，基本上他們生活很富足，因為物價便宜之故）。這家火鍋店大約為觀光客開的，因為一面吃飯一面可看歌舞表演。

## 觀賞川劇「變臉」

堂姐的兒子馬勇和女友何小姐為我們購得嚮往已久的川劇「變臉」的門票，每位三十五元，座位極好，第三排不近不遠。這天晚上馬勇開車載我們到「順興老茶館」。馬勇年僅二十八歲，是個身高一百八十公分的帥哥，聰明過人，已擔任國營房地產公司的經理；何小姐是醫生的獨生女，膚色白皙，身材修長，被教養得溫文有禮，頗得堂姐全家的歡心。

順興老茶館設在成都國際會展中心三樓，是一棟現代大廈，門口有美麗的人物雕塑噴泉，大型停車場，若非當地識途小馬帶領，我們根本找不到這間隱藏在大廈中的古樸劇院兼「順興山珍堂川菜館」，早知如此，我們就可請兩位年輕人陪我們在此品嘗成都一些名目奇怪的川菜，例如：夫妻肺片、棒棒雞絲、樟茶仔鴨、回鍋肉、鍋粑肉片、東坡肘子、麻婆豆腐……（幸好我們回報堂姐全家的惜別宴，在著名的「菜根香」品嘗到了美味可口的百果燉雞、鍋粑肉片、蛋黃煮蟹、生炒牛蛙、清蒸桂魚等等不辣的川菜……足以彌補我對川菜之神往已久了）。

順興老茶館似乎仿效北京「老舍茶館」，但場地寬敞，又多了一排排看表演的包廂。古色古香的老茶館布置，似乎只有從電影中去尋找才找得到，妙的是一面喝蓋碗茶，一面看前面舞臺上的表演，節目由蜀漢

成都人愛喝蓋碗茶。

古樂編鐘演奏起，接著是四川民俗舞蹈，非常有特色的手影戲、傀儡戲、折子戲——滾燈、嗩吶和二胡獨奏，最後是壓軸好戲：吐火與變臉。手影戲，用人的雙手表演，以燈光投影在舞臺的布幕上，配上音樂，幕後演員的那雙巧手便千變萬化地表演起來，做什麼姿勢像什麼，令人絕倒！傀儡戲，並非布袋戲，乃是一名女子拿著一個與常人相當的布偶，舉在頭頂上，女演員一面唱戲，一面舉著動著幾根細竹竿，她的女布偶便靈活地歌舞起來，其活潑與飄逸的舞姿與真人無異。滾燈由一男一女飾演一對夫妻，丈夫怕老婆，老婆要他做什麼他就做什麼，一個指令一個表演，非常逗趣。妻命他頭上頂著一盞點燃的油燈，偏偏他理個大光頭，燈在頭上不准掉落，否則挨打。丈夫在妻子的命令下做出各種小丑滑稽的動作，逗人開懷大笑，後來妻子搬來兩張長板凳，命丈夫頂著油燈匍匐前進，穿過兩張長板凳，再仰面以肘臂支持身體慢慢地從長凳下划行回來，其間這盞油燈搖搖晃晃，小丑始終能使其平衡在頭頂或前額而不致落下，又是一項高難度的雜技表演。

當壓軸好戲「變臉」上場時，三名演員各穿著戲服熱鬧滾滾地上場追逐著，後臺的伴奏以鐃鈸、鼓聲熱烈地敲擊，中間的演員突然衝向另外兩位演員，大嘴一張，噴出一道熊熊的火焰來，以嚇退敵人，但觀眾並未見他有點火的動作。不久另兩名演員開始變臉互嚇對方，臉譜各式各樣，顏色有紅、黃、藍、白、黑、綠，及人們正常臉色。往往在一秒鐘之內那劇中人物的臉譜就變了一張，手不碰臉，看不出破綻和祕訣在哪兒，最後三秒，立於臺前的演員快速變了三張臉譜，最後一張是真人臉孔，原來是一名女演員呢！此時臺下觀眾叫好之聲不絕於耳，掌聲響了好久好久……據說川劇變臉是一項獨門絕活，除非四川自己的梨園子弟，絕對不外傳於人，至今變臉之祕訣仍是個謎，無人能解。或許這種看家本領是川劇永續生存的命脈？外人不知道也好！

節目開演前，提著長嘴茶壺的侍者一一為每位客人表演倒茶藝術，反手從背後倒

觀賞成都的川劇——變臉。

茶，再次令人驚喜，這一身好功夫，又是另一種功夫茶吧！

## 觀賞芭蕾舞劇——「大紅燈籠高高掛」

旅行成都期間，巧逢中央芭蕾舞團來成都表演由張藝謀編導、兼藝術總監的中國芭蕾舞劇——「大紅燈籠高高掛」。這部電影我沒看過，卻意外地觀賞到了舞劇。舞劇只演三夜，每晚只一場，我們不願錯過，所以在逛街時就自己買了第一場預售票。票價最高的七百多元，最低一百八十元，真的很貴，多數人還是買一百八十元的票，我們也不例外。

演出的地點是「四川省錦城藝術宮」。成都多木芙蓉，自古稱「蓉城」，又因浣花溪亦名錦江，故又稱「錦城」。這一天，我們提早半小時進場，以便參觀這座位於全城中心的大型表演場所，它給我們的印象是比臺北的國家劇院寬敞些，但卻不夠豪華精緻，冷氣微弱，空調開不大。張藝謀的總監兼編劇、導演，加上第一流的芭蕾舞人才，以及作曲和編舞的天才，燈光的效果，法國人羅姆・卡普蘭的服裝設計，結合了數十人的藝術才華，又加上戲曲、京劇、音樂顧問等等，讓觀眾看到了一場屬於中國人的芭蕾舞劇。故事是舊式婚姻制度下產生的大悲劇，這兒不便敘述。

但張藝謀在布景與燈光上有太驚人的創造力了，編舞的創意也太天才了，你可以看到芭蕾舞和京劇的結合同臺演出；你可以看到花轎舞；洞房花燭夜女主角被逼婚被追逐，因抵抗而衝破一扇扇紙門的創意；你更意想不到他們編了一場有錢人家中的麻將舞，真是令人叫絕！四人一張桌子，舞臺上竟有九張麻將桌，三十六名芭蕾舞者竟以舞姿表演出嘩啦嘩啦的洗牌動作，自摸的歡心，出牌前的苦思，音樂奏出搓麻將的聲音，最後大家把九張麻將桌拼成一個大方桌，三十六名舞者全躍上方桌舞蹈，真的教人難忘！結尾是大悲劇，男女主角和告密的二姨太都被私刑處死，臨終前男女主角原諒了二姨太，三人相擁至死，舞臺上開始飄起大雪，雪愈積愈厚，終於覆蓋了這人間最大的憾事，也如同關漢卿的元雜劇「竇娥冤」（又名「六月雪」），是一齣人間無法挽回的大悲劇。

終於欣賞了屬於中國人的一場芭蕾舞劇，也真的由衷敬佩張藝謀的非凡天才。

夜晚除了欣賞一場很高水準的芭蕾舞劇外，我們還看過兩場電影，一場「蜘蛛俠」，另一場特地邀堂姐和她兩個小外孫一同看「天脈傳奇」。堂姐說：「我已二十多年沒看過電影了！」看完電影又帶小朋友去麥當勞，小朋友們常常去，但堂姐卻未曾吃過麥當勞的冰淇淋，我們又在半哄半勸之下逼她吃冰淇淋，堂姐說：

「嗯！味道不錯呢！」我想這幾天她一定被我的赤子之心感染了，真拿我這妹妹沒辦法！

## 成都的美味小吃

成都的著名小吃非常多，堂姐和她大女兒慶楠曾陪我們在成都最繁華的春熙路徒步區散步，帶我們去有金字招牌的「龍抄手」吃套餐，味道雖美，但我們油炸的怕胖不敢吃，辣味的怕辣又不敢吃，除此之外，能吃的僅餘「白油抄手」或「紫糯米粥」之類的了。

很快地，我們在市區中心找到了「賴湯圓」，一碗六個，三個芝麻餡，三個桂花餡。成都人吃湯圓還配上一小碟白糖芝麻醬，蘸著吃，非常有特色，一碗才兩元。不久又發現了地圖上介紹的「韓包子」，兩個美味肉包子才一元三角，又便宜又可口，令人至今回味不已。「陳麻婆豆腐」有名得很，金字招牌，但我和外子怕辣，經過兩三次都沒進去。反而是市中心一家蘭州拉麵，當著櫥窗表演手拉麵的功夫，一長條麵捧在師傅神奇的雙手一分一合一拉一截之間愈變愈細，最後扔進沸騰的鍋裡煮將起來，竟像是魔術師一般迷人。牛肉拉麵二兩的一碗三元，三兩的一碗五元，他們以兩計算，跟我們以大碗、小碗區分是一樣的，只是初去時很不習慣，連叫一碗抄手（即餛飩）都問你要幾兩的。歸來後真懷念那蘭州拉麵呢（正宗的回教徒開的）；也懷念青羊宮旁那家的三兩的抄手，美味的嫩肉餡，足足夠我吃飽，才三塊錢一碗呢！

我與外子自由行時，每日一大餐，一小吃，以平衡營養。大餐常去菜根香吃，點三道菜，兩碗泰米飯（用陶碗蒸的），配上兩杯熱茶，吃得很高級，又營養好，兩人一餐在四十元至六十元之間，實在便宜，許多名菜可以輪流地品嘗。

堂姐的大女兒慶楠和女婿志明請我們去他們家玩，順便參觀他們新買的大廈，今年十月即將遷居。小倆口尚不到四十歲，都是工程師，婚姻美滿，事業順利，實在是模範家庭，兒子周驍聰明伶俐，十分可愛。他們中午請我們吃「竹筍宴」，晚上請我們「豆腐宴」。因為多日來，他們發現我愛吃竹筍，外子愛吃豆腐之故。那一天，除了參觀他們的舊居與新居之外，他們又安排一項令人驚喜的節目——參觀民俗文化街。

成都這幾年快速地拆舊屋、蓋新樓，老成都逐漸消失，新成都正在增長，快速道路已擴張到了三環。政府唯恐人們將來忘懷了老成都，因此利用環城高速高架道下，塑造了一條民俗文化街。

高架路下有散步道，有長長的石壁雕刻著成都的歷史文物，有文字、有圖畫、有浮雕。橋柱上掛著木刻詩，都是與成都有關的，如杜甫的〈蜀相〉詩：

丞相祠堂何處尋？錦官城外柏森森。
映階碧草自春色，隔葉黃鸝空好音。
三顧頻煩天下計，兩朝開濟老臣心。
出師未捷身先死，長使英雄淚滿襟。

此首是杜甫追憶孔明先生的。忽又見一詩卻是宋代邵博追憶杜甫的五律一首：

萬里橋西路，幽居今尚存。
共來披草徑，遠去問江村。
冉冉花扶屋，蕭蕭竹映門。
斯人隔古今，此意誰與論？

更難得的是讀到唐太宗李世民〈秋日〉詩，也是懷念成都的，誠屬難得：

菊散金風起，荷疏玉露圓。
將秋數行雁，離夏幾林蟬。
雲凝愁半嶺，霞碎纈高天。
還似成都望，直見峨眉前。

高架橋下有讀不完的文章詩篇，另有可愛的銅雕塑像，把老成都的小市民生活表達得栩栩如生。銅像有掏耳朵的人、有手推雞公車（單輪車）的人、有鎖匠正在替人配鎖、有小朋友玩各種遊戲，表情生動，有趣極了。

走累了，別擔心，一家仿古的老茶館正等待著你。我們進去喝了約莫兩個多小時的蓋碗茶，那一天，慶楠為我點的是「碧潭飄雪」，茶香至今猶存呢！

慶楠說：「我們兒子問：姨婆會不會把我們寫進文章裡？」我毫不思索地回答：「一定會的！」我的成都行因為有您們這家人熱忱地接待，才會順利地找到我的出生地——簇橋，家旁有小溪，原來竟是杜甫草堂前那條小河——浣花溪，這是您們的功勞；我倆自己又找到了我隨養父母遷居後住過三年的百花橋，原來百花橋已在今日市區中心繁華區，百花橋兩頭各築兩座金色琉璃瓦的涼亭，一共是四座一樣大小的涼亭，坐在橋頭亭內眺望成都街景，橋下的流水又是浣花溪。河岸邊是美麗的「百花潭公園」，公園對岸全是古典建築的茶樓，風景幽美極了！這些我想親自探訪的、恍如夢中的地方，居然都一一找到了。這些夢想的實現，如果不是您們的熱情協助，和我們努力不懈地按圖索驥，哪能有重現的一天？唉！我似乎感覺自己有那麼一點點考古家的熱忱與尋根探源的考古精神！慶楠、志明與小寶寶周驍，我當然不會忘記您們的親情與溫暖，成都的陽光雖少，但堂姐全家的熱情足夠彌補了缺少金色陽光的微微涼意。

## 歲月茶莊的小憩

八月十六日我與外子自己搭乘公車參觀具有兩千五百餘年歷史的青羊宮，當天氣溫驟升，天熱口渴，覺得有些疲乏，又不敢在青羊宮的茶座裡喝茶；出門在外，我總怕生病，因此挑選飯店、茶樓必須衛生條件要好，寧可多花錢也在所不惜。我們常捨十元一杯的大眾茶座而去找二十至四十元一杯的高級茶藝館。我們先吃一大碗三塊錢的抄手，然後去喝一杯三十八元的高級四川茶。

那天真的是個好日子，我一直要尋找的百花橋和兒時跌落河中差點淹死的小溪，竟在找茶藝館的途中全部呈現在眼前：前面敘述的百花橋，橋下便是浣花溪，浣花溪流至這兒又名百花潭，也是錦江的支流。一條小河有三個芳名，我終於弄清楚了。真是「踏破鐵鞋無覓處，得來全不費工夫」！是不是已在天堂的父母在一路引領我們呢？我的眼中湧現了迷濛的淚光。

站在百花橋的涼亭上眺望：河對岸綠柳低垂，碧樹參天，是市內的百花潭公園；此岸沿路都是古典建築，樓臺亭閣，古色古香，幾乎都是茶藝館。我確定這橋畔河邊應是我三歲時跌落河中的地點，就更加感慨萬千了！如果當時溺斃，就沒有今日的我了，救命恩人是我的養母以及一群鄰居們，而今他們身在何方？有些在天堂，有些尚存人間吧？

鄰近百花橋橋頭的「歲月茶莊」是上上之選，我被百花橋所吸引、我被浣花溪所吸引、我被兒時溺

我的出生地：百花橋畔。橋下是浣花溪，今稱錦江。

水又獲救的奇異經歷所吸引、我被三歲時的朦朧回憶所吸引，所以、所以，我應在這美麗典雅的歲月茶莊好好休息，這是我回憶兒時的最佳景點，既可眺望那生命之橋與生命之河，又可坐擁遙遠而古老的回憶，這座茶莊此刻好像為我而開設，它的存在彷彿在迎接一個異鄉遊子的歸來，它已為了我的歸來而等待又等待，不知從何年何月開始？不然，它為何被命名為「歲月茶莊」呢？好淒美的名字，好滄桑的感覺……尤其，我不是路邊的過客，我是從遠方來的歸人……。

歲月茶莊有古典中國建築的外貌，又有一片不算小的精緻庭院，有陽傘、涼椅的露天茶座，院內有許多盆栽，井然有序，綠意盎然。不過這天天氣較熱，沒有人坐戶外，直到黃昏才有一位小姐選坐戶外。

一進門，店內掛著金字招牌，上面有「特級店」三個大字。櫃檯小姐、服務小姐都穿著華麗的旗袍為制服，男服務生則穿絲織質料的唐裝衣褲，明亮光晃，予人好感。茶莊內寬敞舒適，光線柔和，陳設的座位全為寬敞細緻的藤椅和潔淨的桌子。我們臨窗而坐，從窗內到窗外庭院，更可從翠樹間看到百花橋頭的涼亭，室內室外，景物交融成一片。

我們點了四川綠茶「蒙頂甘露」，很奇美的茶名。女服務生輕聲細語，服務周到，奉贈向日葵瓜子一盤，又招待免費的貓熊牌香煙，當然我們說：「謝謝！我們不抽煙！」如果這座高級的茶館沒人抽煙就好了，這是美中不足之處。我開始品茶、寫旅遊日記，偶爾休息一下和外子閒談，有此終生伴侶實在幸福，他是我的保鑣兼遊伴，我寫日記時，他沉默不語，只是飲茶、嗑瓜子，決不打擾我的思緒；我說出感覺和懷念父母的心語時，也唯有他能陪我一同流淚，也同享歡樂，真是牽手一生，相依為命，愈老愈有這種感覺。

這家歲月茶莊中堂挑高，約有兩三層樓高，走廊上裝飾著國畫、書法、廊間懸掛著幾個鳥籠，八哥鳥似乎在說話，另外一隻小鳥居然被放出來飛翔，自由自在地停在室內盆栽的小樹上啁啾不已。右邊的兩間廂房，陳設得有如江南園林、蘇州名園中的雅房一般，一間有圓桌，幾個石鼓似的大理石凳子，團團圍坐，是五六位好友闢室談心的茶室，尤其那落地窗明潔無塵，窗外細嫩的翠竹美麗極了，彷彿一片令你驚豔的綠直撲眼前，你不為之心神沉醉也難！

另一間則更奇妙，幾張古董椅，彷彿皇帝坐過的，高几上兩三盆幽蘭，中間一張大書桌，配上沉重的椅子，均為上好的木料，桌上筆墨紙硯畢具，又像是蘇東坡或李白的書房（東坡生長於四川眉山縣，李白也在四川長大），窗外依然是滿窗翠竹，靈秀之氣逼人而來……後來經我詢問，原來第一間為純聊天的喝茶廂房，第二間專為擅長詩書畫的文人雅士預備的廂房。真的是太出乎意料之外，太有觀光價值了！左邊的廂房裡，有專為按摩用的，有專為打麻將用的高級廂房，甚至打麻將的人可以叫茶藝館服務生送飯菜進去。四川人愛喝茶，喝茶的文化可謂發揚到極致了！四川人愛打麻將，麻將文化也可謂達到極致了！

## 百花潭公園

成都人工作勤奮，看到他們上下班時段趕公車、騎自行車、開自用轎車的人潮與臺北上下班是同樣地匆忙趕路，但假日年輕人的悠閒，平日老年退休人的悠閒也與本地殊無二致。

退休後的老人生活恬淡而愜意，成都處處有公園、有古蹟，公園與古蹟融成一片，人們在杜甫草堂休憩，在武侯祠飲茶，在青羊宮打麻將、玩撲克牌，在文殊院用餐，還有著名的望江樓公園就在四川大學旁，大學生們在那兒聊天小聚或埋首讀書，竹叢參天，幽篁之趣無窮。

百花潭公園就在前述的百花橋畔，美麗的浣花溪邊。這座公園似乎沒看到古蹟，但因臨水之故，風光旖旎，花木特多。倚溪的岸邊，濃綠的垂柳迎風盪漾，猶如吟唱詩人般向你傳送著動人的詩句，你不接近它們也難；從百花橋上遠望綠柳如煙之中，迎河向陽的地方，鑽出一株株葉子狀似大楓葉的樹，它們開著一朵朵碩大的粉紅色花兒，我們驚喜地說：「那是木芙蓉，終於找到蓉城之花了！」

原來，幾天前我們曾在另一座公園裡發現了這種花，當時涼風乍起，我們衣衫單薄，涼得似乎快感冒了，在風中發現了幾株開著粉紅色大如牡丹的美麗花朵竟忘記替它拍張照片。後來問堂姐那是什麼花？堂姐答：「木芙蓉，那就是成都之花，妳名叫修蓉，妳妹妹叫幼蓉，即因成都古稱蓉城而取的名字。」當時萬分懊惱沒拍下此花麗影，想不到在百花潭公園中尚有未凋謝的木芙蓉正等待著我呢！

終於在浣花溪畔找到了木芙蓉花。

百花潭公園比較像親子公園。孩子們玩遊樂設施，父母在旁等待，當然不是站著當保鏢，而是坐在大樹下喝茶聊天，一面顧小孩子。但曲徑通幽，花木扶疏，設計得優美不俗。沿河的假山、疊石、小徑蜿蜒，都美得令人激賞，我們急急地去尋覓那柳蔭下的木芙蓉花，把那些碩大美麗的花朵由伸向河面的方向拉回來，捧在手中，不敢摘下，仔細地欣賞它的芳容，只覺此花清新美麗，華而不豔，有不食人間煙火氣質。花形大如牡丹，多層複瓣，粉紅如美人雙頰。瀏覽再三，拍了照片，才依依不捨地鬆了手，讓它恢復原姿，臨水自照、迎風展顏，在浣花溪畔擔任它仙子的角色吧！

公園後門有一座小橋古色古香的，像一條有屋頂的宮殿長廊，跨波而過，通向對岸的古典樓臺殿宇，橋內附有欄杆下的座位，供遊客在浣花溪上憑欄遠眺，享受詩情畫意，兼懷古之幽思，真的很令人神往！

河對岸全是茶莊，其中最美、最令我們難忘的便是：歲月茶莊！

河畔青青的草地上，有一座陸游的頭像，看來宋代愛國詩人陸游也來過浣花溪。在他的胸前石雕上刻著「醉梅」詩一首，詩中的句子洋溢著浪漫且豪放的情懷，讀之悠然有餘味，令人敬佩其才華之高曠飄逸。詩云：

當年走馬錦城西，
曾為梅花醉似泥。
二十里中香不斷，
青羊宮到浣花溪！

# 杭州西湖觀日全食實記

七月初，剛繳完考卷和學期成績，天氣異常炎熱。友人來訪，邀我一同去國立歷史博物館參觀古玉展，兼賞夏日荷花美景，我遂欣然同赴雅宴。古玉之美，精雕細琢，凡人物、花鳥、瑞獸、文字、集於小小一塊美玉之一身，巧奪天工之姿，豐盈溫潤，令人每一件都得細細品味，留戀不捨，我反覆觀賞兩遍，方才罷休。

至於賞荷，因為室外氣溫已飆升至三十五度以上，時值酷熱的中午，實在不宜去植物園賞荷，於是登樓到歷史博物館內的「忘言軒」中，兩人各點一杯咖啡，臨窗而坐，一面品嘗香氣四溢的咖啡，一面眺望窗外的夏日麗景，室內涼爽無比，人語喧騰，室外荷塘中荷花在豔陽下盛開，兼有植物園的花木交錯襯托，實在是美景如詩如畫，心想，可惜忘了帶相機，友人雖帶相機，拍了幾張照片，但我深深了解她只拍不洗的習慣，只得不停地欣賞，希望美景永存腦海中。歸來，索性作成古詩一首，以茲紀念二〇〇九年七月十一日的夏日情懷：

夏日賞荷

仲夏赤炎正午天，荷塘芙蓉仙姿嫻。
萬片翠葉似舞傘，兩隻松鼠戲樹間。
碧波深處魚群隱，花廊曲徑人幽遠。
窗外麗景窗內喧，忘言軒中已忘言。

荷花不僅色澤美麗，花形碩大無比，更由於出汙泥而不染的清純高雅之姿，真可比作花中之仙女，予人的印象是莊重、典雅、溫柔、婉約，難怪觀世音菩薩會選中它，作為她的化身寶座，千年萬年，永不改變。

然而，我更憐惜荷葉，它青翠碧綠，形似書生穿著青衫，又似衛兵昂首傲立，與淡紅的荷花相伴，永生永世，連綿不絕，一如男女愛情，天長地久，除非世界末日：「天地合，乃敢與君絕！」這是荷葉的壯美，荷葉的勇敢、執著與深情。

在臺北夏日賞荷幾天後，我在報紙上看見一則旅遊小廣告，說是在江南遊六天，重點是在杭州西湖欣賞一年一度的「荷花節」，兼可看到一生一次不可錯過的「日全食」奇景，與家人一番討論後，我們和兒女決定全家一同出遊，由我請客。由於看日全食的人實在太多了，我們只報到候補名額，又盼了幾天，終於等到有人退出，我們才能正式參加。出發當天，長榮航空班機上竟沒有一個空位，我們居然來回都坐在機頭的樓上座艙，樓上有八十多個位子，這也是第一次經歷到的奇事，可見「追日全食旅客」之多之熱情了。之後幾天，我的賞荷雅情，逐漸被全團旅客的追日食熱情給打消了。

七月十七日直航杭州，飛行九十分鐘即抵達杭州蕭山國際機場，由機場到杭州「紫晶大酒店」的高速公路上，兩旁都是紫薇花盛開，淡紫、粉紫、深紫的花兒令我心花怒放，因為聯想到自家的陽臺上那盆仙姿綽約的紫薇，正在守護家園，與此岸的

西湖十景之一的「曲院風荷」。

紫薇互相媲美呢！

遊覽車上的江南地陪是個高個兒微胖的年輕人，他自我介紹說自己姓朱，「小豬」的「豬」，很好記，今後六天，大家叫他「小豬」即可，他講了「小豬的四個願望」令我們大笑，也打破了彼此的陌生感，茲錄下請讀者也與我們同樂：

一、最好天上掉飼料；

二、所有柵欄都拆掉；

三、全國屠夫都死掉；

四、全國人民信回教。

現在終於進入主題：二〇〇九年七月二十二日上午，我們全家在杭州西湖觀日全食的實記。有人說一個人一生可能只看得見一次日全食奇景，因為下一次看日全食的最佳地點在臺灣屏東，時間是距今天六十年後，那我肯定是看不到了！而此次大陸有

江南水鄉——美麗的烏鎮。

建築大師貝聿銘設計的蘇州博物館。

很多地方看得見日全食，杭州是其中之一，從臺北直航既方便又快捷，何不把握此一千載良機呢？何況行程中還包括：烏鎮、上海、蘇州、無錫等江南名城、古蹟和水鄉美景呢！

七月二十二日一大早，才七點多鐘，我們即開始在西湖邊散步了，經過蘇東坡紀念館，向東坡先生致上無限的敬意後，心中歌詠著他的詩詞，信步走在長長的蘇堤之上，美麗的西湖煙波浩渺，綠柳垂絲在風中擺盪，在湖畔戲水；湖面上各種船隻，有大型遊艇，大型古典畫舫和許多小小扁舟，載著遊客和情侶們，都開始暢遊西湖，等待在湖上觀賞日全食。

蘇堤上遊客比往日多出上百倍，彷彿人們在逛大街似的。我去過西湖五次，每次都愛走蘇堤，第二次在寒冬，蘇堤上只有我和外子張震攜手漫遊，後來好不容易遇到第三位遊客，竟是一個老外背著背包，急速而行，不久便消失了身影，蘇堤又再度屬於我們兩個，那是距今十七、八年前的往事了。而此次第五次和子女同遊，竟是人山人海觀日全食景象，草坪快被踩壞了，「斷橋殘雪」著名景點有人擔心會被踩斷，那可真的會成為名符其實的「斷橋」呢！由於臺灣各電視公司駐紮在西湖「花港觀魚」景點附近的「牡丹亭」下，我們這團的領隊何小姐將接受臺灣某電視公司

西湖十景之一的花港觀魚。

的訪問，因此地陪朱先生和領隊何小姐便在八點半以前把全團二十人帶到牡丹亭前，準備在此接受訪問。

當時牡丹亭前插著許多電視公司的旗幟，微風吹過，旗海飄飄，好大的陣仗。旅行社發給每人一副護目鏡，準備觀看日全食。天氣很會作弄人似的，人群中有人傳來：「上海正在下雨！」「蘇州也下雨啦！」當時西湖的天空烏雲密布，而且雲朵在輕輕飛動，彷彿隨時會下雨的樣子。

自七月十七日旅遊團出發開始，五天來團友們都用各自方式祈禱二十二日天朗氣清，大家方能觀賞日全食，以不虛此行。於是信仰佛教的、道教的、基督教的各自祈禱，尤其有一對年輕好友，她們自己製作了日本人流行的「晴天娃娃」，每天訴說她們的祈禱、心願和信心！八點半以前，烏雲蔽天，正慢慢飛動，大家唯恐從上海、蘇州帶來大雨，霎時眾人喃喃祈禱，信心接近崩潰邊緣。太陽您在哪兒？烏雲會不會散去？心情好緊張，心似乎涼了。

上午八點四十五分，驀地，烏雲東移（往蘇東坡塑像方向移動），「太陽出來了！」「太神奇了！」「老天爺真會開玩笑！」「日食！日食！」「看！快看！日食開始了！」四面八方的觀眾傳來陣陣驚呼聲、讚嘆聲！

彷彿是什麼動物（古人說是天狗——后羿養的狗）正輕輕地咬了太陽一小口。西湖的人聲沸騰，歡聲與驚聲交響著；鳥群瘋狂亂飛，蟬鳴聒噪不絕，孔雀探頭窺視，錦鯉浮游出聽。是誰把渾圓的太陽又咬了一小口？接著又一小口一小口地吞噬著……。

太陽，威猛無比的太陽！太陽，人們心目中最仁慈、最偉大的太陽！在護目鏡漆黑的背景裡，竟然宛如月亮——一彎白晝中的上弦月。這輪上弦月，不！應該

寒山寺的江村橋。

二〇〇九年七月二十二日全家在西湖
牡丹亭旁觀看日全食之「食甚」奇景。

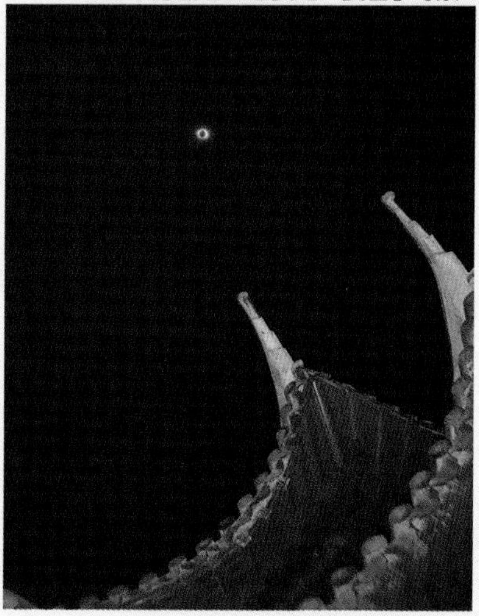

是太陽，彷如月牙般的新月，像柳葉，像細眉，一點一點地變小變細，天文學所稱的「鑽石環」出現了，天哪！那是上帝的指環，「貝里珠」出現了，那是宇宙的珠寶；二〇〇九年七月二十二日上午九點四十五分，霎那間，等待千年萬年，許多人一生唯一的一次日全食出現了！

霎時裡，天昏地暗，陰風慘冽，寒氣逼人，天色陡然間變黑，溽暑突然消失，變作了恐怖的暗夜。觀者驚呼連連，聲音響徹雲端。是天狗吞食了太陽？是后羿射下了太陽？不！科學家告訴我們：是月球遮蔽了太陽。此時日球、月球、地球，手拉手，肩併肩，舞蹈成一直線，在浩瀚無垠的宇宙舞臺表演，作一場最精彩的表演！

氣溫突然下降十餘度，寒氣令人恐慌顫慄，此時，群鳥急飛返巢；蟬兒驚恐止鳴；孔雀躲入樹叢；魚兒潛藏靜泳；湖上無數盛開的荷花，不知是否朵朵合閉？從護目鏡中，出現一枚亮晶晶的指環，是天與地的婚戒？是宇宙太空的光環？是古人的惡夢重現？是今人科學史的奇觀？

在這神祕的五、六分鐘內——我們攝影、我們觀賞、我們驚呼、我們讚嘆！我們不斷地把護目鏡借給身旁沒有戴護目鏡的陌生同胞，讓他們也不錯過這千載難逢的機會，因此，他們觀賞數十秒鐘後立刻把護目鏡還給我們，口中不停地道謝。

我們正經歷著一生一次的宇宙奇觀，讓有心「追日食之旅」的人得償心願。那枚指環，永留心田。它的天文學名字叫做「食甚」，叫做「食既」。接下來太陽又一點一點地露臉，「生光」重現，「貝里珠」重現，從「鑽石環」到「復圓」。月球終於把太陽還諸大地，還諸在大約三億觀眾的眼前。時間足足經過兩個小時，我們印證了古代史書中屢屢出現的記載，這真是人生難得一見的日全食奇觀！我們全家深覺不虛此行。

# 桂林山水甲天下　陽朔山水甲桂林

從小就從地理書中讀過這兩句詩，但始終未曾到過桂林和陽朔。聽說明年全國學校即將取消春假，何不把握這最後一次春假全家一同去桂林旅遊？報名參加某一旅行團後，消息被好友張翠寶教授知道了，她說：「這次一定跟妳們全家同遊！」隨即她又找到一位好友黃淑芬老師作室友。我的新竹師範學校老同學吳明珠得知消息，也不加思索地說：「我要去！我要去！」結果是連她的老伴兒政大英語系系主任羅教授（剛退休）也攜手參加。我們八個人就占了全團的三分之一有餘。大家快快樂樂地期待春假的來臨……。

如果兩岸直航，只需兩三小時航程便可抵達桂林，但現在必須經澳門轉機，因此，我們上午十一點出門，共費七個多小時方抵桂林機場，時間已是桂林晚間六點半。桂林一連下了一個多月春雨，我們這批幸運客一抵達即一連五個大晴天，偶爾一陣細雨飄灑；更有趣的事是：我們乘澳航班機往桂林時，全機只有二十一人，好像是我們包下來的專機；回臺北時又因客滿，讓我們升等乘坐商務艙，享受既舒適寬敞又豪華昂貴的座位。

從桂林機場乘車到市區中心，沿途的平原上，近處的小山千奇百怪，遠處的群山神乎鬼立，桂林山形之奇特，首先便令我們驚心動魄了。車行期間，忽而向右望山之美，忽而向左觀山之奇，四十分鐘，景隨山移，猶如進入電腦動畫世界，真教人難以形容的興奮與驚奇！

桂林原是廣西省省會，廣西省如今改為壯族自治區，省會已遷到南寧市。其實廣西的少數民族甚多，其中以壯族人數最多，已達一千五百餘萬人。其餘民族為苗族、瑤族、侗族、仫佬族、毛南族、京族、回族、水族、彝族、仡佬族……。最有特色的是仫佬族，尚是母系社會，一妻可「娶」

象鼻山是著名景點。

乘船遊漓江，欣賞奇山異水。

四夫或五夫；京族嗜食生豬肉；仡佬族嚴格實行近親通婚，人口急劇下降，即將面臨絕滅之命運。

乘船遊漓江應屬遊客最嚮往的行程節目了。我們抵達桂林的第一天看山看得入迷；第二天乘纜車登堯山，從峰頂下觀桂林山水奇景，一座座怪異形貌的山，拔地而起，看得人更入迷；市區內漓江邊居然有一座象鼻山，宛如一頭巨象伸鼻入河飲水，活靈活現；郊區公路旁有一座月亮山，在秀麗的山峰上端自然形成一渾圓的孔洞有如一輪滿月；市內的七星公園則有一座酷似駱駝的石山聳立，上帝創造萬物均具有驚人的想像力與高度的幽默感，不能不令人嘆為觀止矣！「桂林山水甲天下」之美譽，果然名不虛傳！

乘船遊漓江，風景更是美不勝收。我們是乘坐汽車先到陽朔的碼頭，再登船遊覽陽朔山水之美。上船前導遊買了著名的沙田柚，我則買了新鮮的福橘，大家分而食之，橘柚飄香，甜而多汁，沙田柚一個才人民幣兩元，福橘一大堆才人民幣十元，便宜得令人只能偷偷地笑！

開船了，漓江之水青碧如岸上之春草，兩岸多河谷平原，良田沃野，阡陌縱橫，沿岸長著一排排、一叢叢的鳳尾竹，隨風搖曳，倒影水中，一片山光水色的迷離景致。水果大餐尚未享用完畢，大家即慌忙登上船的頂層，因為奇異的漓江群山，一座座、一排排地出現了，它們長得個個奇形怪狀：既非黃山之秀麗，又非泰山之雄偉，更非武夷山之豪壯，它們的特色就是奇特，和我所見過的任何名山相比，都迥然不同，它們是地球上一群怪異的山，彷彿動物園裡的各種動物，各類不同，長相互異，活潑生動，可愛又可笑。每一座山，導遊說它像什麼你就覺得它像什麼，峰迴路轉忽然又什麼也不像了，它的每個角度景觀都隨著船駛而過在變化個不停呢！這就是所謂的「喀斯特地貌」。

在江面竹筏上往往見一位孤立的漁翁撐著篙，船上站著一兩隻魚鷹，其餘魚鷹則鑽入水中替主人去捕魚了。青碧的水波中有幾頭最幸福的水牛在戲水、在沐浴，牛

世外桃源中的采菱橋。

頭浮出水面，牛背小露一片，大半個牛身都隱藏於水中，那種靈山秀水中的牛群和柬埔寨熱帶地區黃埃飛揚中，既瘦且乾的白牛相較之下，真是天上人間之別哪！

陽朔另一美景，更是令我們的照相機「喀擦」個不停，一兩小時便拍完三十六張，有人後悔沒多帶些膠卷，這個地方便是臺商投資經營的「世外桃源」。聰明的臺商，利用陽朔的靈山秀水，既有山洞又有溪流、湖泊、良田、屋舍、農民往來耕作，婦女們在河邊洗衣，牛羊雞犬均怡然自得，他們借用陶淵明的〈桃花源記〉裡的理想國度，創造了一座世外桃源。

這世外桃源是中國人心目中的理想世界，純樸自然、不與外界往來，追求永久的和平與自由生活！臺商們設計好讓我們分組乘小船，穿過山洞，忽見一片良田美景，溪流、湖泊，水草茂密，河上有令人驚豔的「采菱橋」，長橋臥波，橋上有屋頂、有鏤空的層層樓閣，走在橋上不怕風雨日曬，又有長椅可坐，欣賞周遭的湖光山色。據說此橋原來的古橋造型在廣西柳州的山區，如今被仿造於陽朔的世外桃源。我特別鍾情於這座有頂的長橋，它簡直可與瑞士盧森的「教堂橋」相媲美，毫不遜色，相較之下美國的「麥迪遜之橋」便粗糙而簡陋無比了！船過之時，波光瀲灩，岸上時時有壯族、苗族、藏族、佤族的青年男女唱歌表演歡迎我們，真的令人驚喜萬分，興奮不已。我曾參觀過湖南常德縣的桃花源，但相較之下，其景色有山無水，又無人煙，實為人工匠氣，而規模亦遠不及這兒的十分之一呢！「陽朔山水甲桂林」誰能否認這詩句呢？

我們在荔浦參觀了兩座大岩洞，一為銀子岩洞，一為豐魚岩洞。銀子岩

銀子岩洞。

肩上挑著魚鷹真是美好的時刻。

洞於一九九六年正式對外開放，洞內鐘乳石、石筍巨大無比，且洞內曲折、高曠，奇岩美景遠超乎人類想像力之極限。豐魚岩洞發現較早，於第二次世界大戰期間，當地苦旱，人們由於尋找水源，便到山區四處探索，想不到竟為一位盲人發現此洞，洞內有清澈無比的泉水，泉水匯流成暗河，河裡盛產油豐魚，據說煎此魚時，不需用油，魚本身會冒油出來呢！豐魚岩洞為亞洲第一大岩洞，它貫穿了九座山，洞景可分三部分：第一部分為鐘乳岩大石窟，奇景不亞於銀子岩洞；第二部分乘船遊暗河，天然奇洞，令人驚嘆，這是大陸政府投資經營的；第三部分仍遊暗河，乃臺商投資，暗河兩壁山岩間，各種恐龍迎船而吼叫，或向遊船噴水作弄遊客，實在有點迪士尼樂園的氣氛，破壞了岩洞天然幽趣。遊罷上岸，再乘小火車瀏覽九座大山的自然奇觀，可真盡興啊！

最難忘的是在漓江乘船夜觀魚鷹捕魚，魚鷹和主人的關係是主僕關係，忠心耿耿，可愛又喜撒嬌。牠的脖子上繫上細繩，當潛入水中，捕得小魚時，便一口吞下，若捕得大魚時，魚頭啣在喉中，半截魚尾在牠嘴外跳躍掙扎，魚鷹向主人邀功、撒嬌，主人從魚鷹口裡取出一尾大魚擲進魚簍中，我們觀眾報以熱烈掌聲，主人也對牠發出讚美之聲，牠休息兩、三分鐘後又躍入水中繼續工作。漁夫發出口令，魚鷹似乎全懂。據說魚鷹最高的年齡可活到二十歲呢！我們的大船尾隨漁夫的竹筏，仔細觀賞，竹筏前有兩盞燈光，在黝黑的漓江江面照映著，那種特殊的風情畫面，令我們畢生難忘。

另一件難忘的事是夜遊陽朔西街，這條街又名「洋人一條街」（據考證早在唐代即有此街）。古老的中國房屋、古老的青石板路，琳瑯滿目的各式商店和古玩攤販，觀光客似乎比本地人還多。星空下一座怪山緊貼街道聳然而立，燈光由下照射上去，山上綠樹叢叢，儼然一頭怪獸「酷斯拉」正要吞噬你，

桂林漓江的魚鷹捕魚。

真把人嚇得魂飛魄散，老街邊有一座奇山，這景致全世界想必不會太多吧？我和廷兒、婕兒、翠寶妹、黃淑芬老師一同逛街，領隊朱月鳳小姐怕我們迷路，也與我們結伴而行。我們買衣服、桂花茶、桂花糕、小紀念品，和街上的洋人互相打招呼，人人都流連忘返。最後我和廷兒選在「桂花路」旁的「月亮下咖啡屋」路邊咖啡座休息，我請大家喝啤酒、吃冰淇淋，面對「酷斯拉」一點也不害怕，我們拆開剛買的桂花糕，品嘗一番，嗯！實在是「很中國」的點心，沒有奶油味，只有桂花香，一面又興奮地聊天，且說且笑，談話內容早已記不清楚了，但我們六個人的笑聲月亮下咖啡座一定記得，「酷斯拉」怪山也一定記得！

在月亮下的咖啡屋享受老街之古意。

# 澳門驚豔

旅行前曾詢問好友們可否一同參加澳門三日遊時，不少人的答案是：「澳門多賭場，我不喜歡賭博，不去！」「我也反對賭博，但我們的目的是去觀光，決不賭博！」我嚴正地聲明，最後只有林麗玉女士一人願意和我家三人同去。

澳門夏天太熱，最適合寒假旅遊。二〇〇九年一月二十日至二十二日的三天裡，我們四人組的自由行，如今回憶起來，有如做了一個彩色繽紛的綺麗之夢，這般的驚奇與感動，真的為絢爛的人生，又增添一幅美麗的風景。小小的澳門，大大的驚奇，你若不親臨探訪，哪知澳門的另一番面貌？

行前我們託旅行社代訂機票和酒店：長榮班機加威尼斯人酒店，並且做了一番自由行的功課，這個責任就由廷兒負擔。廷兒當導遊，我負責策劃，麗玉還慷慨地先從臺北訂好太陽劇團的貴賓座請我們在澳門觀賞，四張貴賓座的票價真的所費不貲呢！

為了趕早班飛機，我們清晨五點起床，六點出門，每人只睡了兩個小時或四個小時，便開始我們的行程。幸好乘坐飛機不到一百分鐘就抵達澳門機場，出關後有酒店接駁車，十分鐘後即抵達聞名已久的、占地一〇五〇萬平方英尺的大酒店。這家全世界數一數二的超五星級的觀光旅館，由美國人投資，擁有三千個房間、六個展覽廳、一〇八個會議廳、頂級的精品街、表演廳、劇院、運河、賭場和高爾夫球場。

聞名世界的「太陽劇團」長期駐紮此處表演。這裡的裝潢完全模仿義大利式樣，室內運河上甚至有威尼斯的「貢多拉」船隻行駛其上，情侶們雙雙乘船，船夫還一面划船一面高唱著「蘇連多」的義大利民謠呢！室內有人造天空，彩繪的藍天白雲，藉著燈光照射，營造出二十四小時均

旅館內真的有運河和貢多拉小船。

屬白晝的陽光燦爛和晴空萬里效果。

我們分別住進二十三樓的兩個房間，房間的奢華程度遠遠超過我們的想像，雙人房的寬敞度也令人驚喜，這是我畢生住過最豪華的旅館，由於是淡季去，價錢也便宜得令人驚訝！除了有歐洲古典帷幕裝飾的大臥床兩張外，還有寬敞明亮的客廳、傢俱沙發靠墊、油畫飾品一律是歐洲古典與現代混合風格，一間臥室兩臺液晶電視以及寬敞的歐風衛浴設備，六面大小鏡子，超過任何一家旅館的審美格調，這真是一家夢幻旅館，我們累極了，立即決定睡個豪華的午覺再出門觀光。

廷兒的觀光景點安排得既有順序，又有休閒享受美食的時間，所以時間的掌握很重要，交通工具以乘計程車代步最能達到快而精準的效果。於是澳門三日遊正式展開。

澳門大約分成三大區塊，北邊是澳門本島，南邊是氹仔和路環一個大島。南北有三座跨海大橋相連，相信昔日必須搭乘渡船來往。機場和威尼斯人酒店正好座落在中間氹仔區的土地上。澳門被葡萄牙人占領長達四百餘年之久，因此孕育出東方和西方文化兼容並包的現象，在建築藝術、宗教信仰、生活習俗上都自然地流露出來。這片土地有無數的中國人愛護她，也同樣有無數的葡萄牙人依戀她、庇護她。澳門

澳門的地標——大三巴牌坊。

本島如今成為歷史城區，有二十五個景點列為世界文化遺產，這是二〇〇五年七月第二十九屆世界遺產委員會在會議上所拍板定案的。

要看中西文化交流、融合、多元共存的風光，你就可去一趟澳門，以悠閒的心態、敏銳的觀察、審美的眼光去體認這四百多年澳門在中國人和葡萄牙人的包容並存下，變成了什麼模樣。第一天的下午至晚上，我們四人就被這特殊的文化和建築藝術給迷醉得無法自拔。

澳門最有名的地標就是「大三巴牌坊」，但是在未見到「大三巴」之前，我們就不由自主地走進一座小教堂，從此三天之內我們參觀了好幾座天主堂，有建於一五五八年的「聖安多尼教堂」，建於一五八七年的「玫瑰堂」，和建於一八八五年、經常舉辦婚禮的「嘉模聖母堂」。其中以道明會士（又稱多明我會）所創建的「玫瑰堂」最令我感動與激賞，這座教堂是道明會士在中國所建的第一所教堂，如今已有四百二十二年歷史。教堂最初用木板搭建，華人稱之為「板樟廟」。又因教堂供奉玫瑰聖母，故又稱「玫瑰堂」。整座教堂富麗堂皇，彩色柔美，聖壇聖像都採巴洛克風格，藝術與宗教融合之美在中國是罕見的，據說教堂旁邊的「聖物寶庫」收藏了澳門天主教珍貴文物達三百餘件之多，這是令我感動的地方，我情不自禁地在此許願、祈禱，並點燭奉獻。

我們尚有主教座堂、聖奧斯定教堂、聖老楞佐教堂、聖若瑟修院及聖堂、聖母雪地殿聖堂及燈塔等未及參觀，看來還得再去澳門一次呢！

嘉模聖母堂建於一八八五年。

澳門本島的地形高低起伏、蜿蜒曲折，小街小巷鋪上歐洲古雅的石磚，路面時而砌出花紋圖案，十足義大利風情。一轉彎我們即找到旅遊景點之一，建於十八世紀的「東方基金會會址」，粉色的建築，粉紅的拱形門窗，配上綠色百頁窗，中央有歐式的豪華臺階，美麗的園林，一群悠閒的澳門人在樹蔭下正演練著古老戲曲；一隻碩大的洋狗趴在臺階上曬著冬天裡溫暖的陽光，看見遊客後隨即起身走來和遊客打招呼，用牠的大鼻子嗅來嗅去，又搖動著尾巴，和遊客合影時也絲毫不在意閃光燈和喀擦聲，彷彿牠是個大人物，見過大場面，尊嚴十足又友善的款待客人的樣子。麗玉的女兒喜歡大型狗，我特地為她拍下照片，留存欣賞。

澳門的地標大三巴牌坊原來是一座小山岡上

澳門的葡萄牙式建築建於十八世紀的東方基金會會址。

的教堂正面石壁，因為一場火災，把木造的教堂焚毀殆盡，如今只剩下這一面石造教堂的門面聳立於山坡上，從繁複的聖像、石柱、動物圖案等的精雕細琢之中，可以想見此教堂昔日之光榮及風采。這裡居高臨下，可以俯瞰澳門市容，其旁有古城牆，是葡萄牙人為防範荷蘭人或其他各國的入侵者而修築的；想想也真好笑，一個入侵者還防備著其他的入侵者，可憐的主人公——中國人，豈能不思振作？不知國恥嗎？幸好今日中國已收回澳門了。

大三巴教堂和古城牆的一個角落，你不可忽略一座古蹟——「哪吒廟」，上面的匾額寫著「保民是賴」，意思是善良的百姓們，必須依靠著哪吒的神功來保佑。大三巴教堂和哪吒廟，一西一中的宗教就這麼相距咫尺地默默地互相信賴、互相依靠著，真是奇妙！大家各拜各的神，各過各的生活，這是葡人占領中國土地，能維持四百餘年，相安無事的祕方吧？

面向大三巴的右邊是古城牆的「大炮臺」，占地約一萬平方公尺，創建於一六一七年，至一六二六年完工，居高臨下的大炮臺，原名「聖保祿炮臺」，城牆厚實堅固，斑駁的色彩描述著歲月的滄桑，一門一門架設於垛口的巨炮，呈現出古人在科技方面的智慧和嚴厲的防備敵人、殲滅入侵者的勇氣與決心。附近有「澳門

澳門街景中西合璧。

博物館」，因來訪時間超過下午五點，人家已下班休息，只好在大門口徘徊嘆氣，這就是自助式旅行時間拿捏不準的遺憾。

這一天，我們從旅遊書中找到了著名的美食店「聯記鮮蝦雲呑撈麵」，這裡的一切麵條統稱「竹昇麵」。我點的是「魚球麵」，真是鮮美得不得了，特殊的竹昇麵香Q有勁，真是道地的美味小吃。天晚後，我們又品嘗了魚片粥，第二天重遊此地，才知我們吃過的這家「明苑粥麵」位於澳門市中心，名叫「議事亭前地」的一座百年以上的粉紅色葡式建築呢！在大三巴對面熱鬧的小巷裡，一家一家的烤肉乾店，一家一家的杏仁餅店，現烤現做，香氣四溢，似乎不買的人有枉來澳門之感，當然，我們是滿載而歸了。

第二天，澳門豔陽高照，我們重訪議事亭前地的鬧區，參觀那四面八方的葡式美麗建築。這些百年以上的老樓房有白色的、粉紅色的、米黃色的、咖啡色的，門窗造型各異，極其華麗又互相爭豔，廣場中心的噴泉臨時築起高大的年節花燈群，簡直熱鬧非凡。接著我們發現了前面所敘述的玫瑰堂，美得令人屏息，肅穆得讓人自然地要俯首靜思、要虔誠祈禱。

「盧家大屋」是澳門賭王盧華韶（一八四八—一九〇七年）和盧家九子中的長子盧廉若（一八七八—一九二七年）的舊居。此屋約於清光緒十五年（一八八九年）完工，是一棟用厚實青磚及木料築成的中式豪宅，兩層樓設計，以天井採光。中國清末大宅院的設計，雕梁畫棟，牆上浮雕、窗櫺鏤空的精緻手工，頗能引人發思古之幽情，特殊的是葡萄牙人的彩繪玻璃也鑲嵌到中式的盧家大屋窗戶上，是必須欣賞的精彩焦點。

中西合璧的古宅折疊窗。

賭王盧華韶後因投資失敗而自殺。這

古屋中留下光緒乙丑年十月十九日一對聯語，詩名「偶書」，上聯是：

十載攻書苦學堂　要知富貴在文章
鰲頭湧出千心動　丹桂開時萬里香

下聯是：

三流浪中龍爪現　九天雲裡鳳呈祥
狀元二字題金榜　直到皇都作棟樑

可見賭王雖擅賭，但不擅經商；雖富甲一方，但卻希望子孫戒賭，好好念書，求取科考功名。賭王的家——盧家大屋是值得參訪的百年古蹟。

另外一棟建於一八七二年之前的「鄭家大屋」，是中國近代著名思想家鄭觀應的故居，也因時間關係來不及參訪。

第二天中午，原本說好了要去舊葡京酒店，由我請客品嘗米其林餐廳的法國美食，但是卻意外失望，因為餐廳服務員說訂位已滿，晚餐倒有空桌，可是晚上我們要看七點半的「太陽劇團」表演，只得作罷，我們問：「明天中午可有空位？」服務員說：

「明天中午也已訂滿！那……明晚如何？」「明晚我們就去趕飛機了！」

看來米其林大餐只好留待下次享用吧！第二天中午隨便在舊葡京吃了一餐，還是很有澳門的特殊風味呢！

下午，麗玉想洗髮、品嘗清平直街「杏香園」的甜品點心，再回旅館享受超五星級房間的美容覺，於是和我們分手。我們三人再繼續參觀新葡京大酒店，有幸看見了圓明園失散百餘年的十二生肖銅雕（清郎世寧創作）之一的「馬首」展示在大廳之中，此座銅雕由澳門特首以相當於臺幣兩億多元從拍賣會場買回獻給中國政府。

接著我們乘車到氹仔區去參觀一八八五年建造的「嘉模聖母堂」。這兒經常為新人舉辦婚禮，除了小山丘上的教堂美，廣場大，花園美景非常

澳門的住宅博物館，共有五棟。

西化外，另有五棟美麗精緻的葡式木造洋房：淡綠的外牆，鑲白邊的裝飾，古木、花卉加上亮麗的陽光，這裡是百年來葡人的民宅，如今成為「住宅博物館」供人參觀，了解葡人和亞洲人通婚的生活情況。

一五五三年葡萄牙人的船隊登陸澳門，不久葡萄牙人開始和亞洲人通婚，他們生出來的混血兒稱作「土生葡人」。他們住葡式別墅，信仰天主教，學制以私立學校為主，公立學校為輔。他們當中出了一位著名的土生葡人詩人，名叫李安樂，他有一首詩極具文史價值，似乎讓人讀完此詩，即刻了解土生葡人的內心世界：

心是中國心，魂是葡國魂；
長著西方的鼻子，生著東方的鬍鬚；
既上教堂，也進廟宇。

這就是澳門，新城與舊城，葡人與華人，教堂與廟宇並存。第一天，我們發現了「哪吒廟」和罕見的「女媧廟」，還有街角極為迷你可愛的「土地公廟」；第二天又參觀小小的「北帝廟」；第三天上午暢遊「媽閣廟」，下午又發現海濱的「譚仙聖廟」，不遠處又有望海的「聖方濟各天主堂」，澳門的中西風光真是教人看得眼花撩亂呢！

再說第二天晚上在威尼斯人酒店的劇場裡看到舉世聞名的「太陽劇團」現場表演，我們坐第二排貴賓席，看得清楚分明，演員們藝高人膽大，無論什麼高難度的動作和舞姿都做得出來，而舉手投足之間，配合著現場的歌星演唱，空中飛人在全場飄飛，有的像太空人、有的像仙女。聲光和道具也是最新科技的展示，這一場表演簡直把觀眾的心都快蹦出胸腔了，豈僅僅能用「嘆為觀止」幾個字來形容？他們的廣告詞：「一生必須看一次的太陽劇團」決不過分，因為我的朋友麗玉連這一次，她已看過十次了，每次節目都不同，她可算是「追太陽族」中的一位貴族觀光客了。

在澳門的第三天，上午參觀位於澳門西南端的「媽閣廟」，守護內港的入口處，這裡依巨岩而修建了一連串的廟宇，層層石梯、重重廟宇，包括「神山第一殿」、「正覺禪林」、「弘仁殿」、「觀音閣」等建築，寺廟曲折迴環，依山面海，視野遼闊，遊輪偶爾從眼前駛過，令人心曠神怡，山林古樹青蔥翠綠與臺灣相似。據說葡萄牙人四百多年前從此處登陸，問此處地名為何？澳門人說這裡是「媽閣廟」，葡人據此地方言，直譯為「MACAU」當時他們還不知道「媽祖」在中國信仰上的重要地位呢！「MACAU」遂沿用至今。媽閣廟歷史悠久，是目前澳門保存中原廟宇造型中最古老的古蹟，不可不參觀一番。時至二十一世紀，此廟香火仍然鼎盛，人們摩肩接踵，熱鬧非凡，廟中有巨香巨燭等待信眾購買，那巨大的香燭是我平生第一次見到的。

媽閣廟的下面，海岸邊有一座「海事博物館」，我們也順道一遊。想不到裡面的船隻模型和說明文字，深深地吸引著我們，廷兒是學歷史的，再加上政治、地理、人文的常識，講解得十分生動；對於中西古船、帆船、戰船的繁複種類，使我大開眼界，了解造船術、探險家的力量竟可改變人類的歷史文明和文化的交流，渺小的我，究竟能為人類做出什麼一丁點兒的貢獻？啊！真是慚愧萬分……。

下午的行程是前往最最浪漫的地方——建於一六二九年的「聖地牙哥古堡酒店」去喝下午茶。這座古堡位於澳門西灣的民國大馬路旁，古堡依山而建，石造的建築堅固地傲立山壁巨岩間居然近四百年之久，既長且寬的隧道全是石階，穿過石製大隧道便登上白色的美麗古堡，二樓的圓弧形餐廳造型美極了，它充分運用了圓形、拱形、四方形、三角形、半圓弧形、種種幾何造型塑造出這樣一座古堡，教人無法形容它明確的式樣。古堡多拱門和落地窗，陽光穿越半個餐廳，每張餐桌之上都有三座美麗的水晶燈垂懸下來，室內布置華麗又優雅，任何角度都可欣賞海上美景，那海洋就在不遠之處，遊船悠悠，陽光燦爛，這裡剛好是西班牙餐廳，還真有幾分地中海的風光呢！

餐廳外有噴水池、咖啡座，極大的庭院和許多株一兩百歲的古木，這兒似乎與世隔絕，寂靜無聲。樓上有十二間頂級客房，每間都有落地窗和可愛的陽臺，坐在陽臺上欣賞落日美景是多麼浪漫的時光！服務員說每個房間的地板都是皮革鋪陳，住宿一晚約需臺幣一萬兩千多元（我們住的威尼斯人酒店一晚需臺幣兩萬五千多元，但向旅行社代為訂房，淡季時有很大的折扣）。這兒的寂靜與優雅和威尼斯人酒店的熱鬧與奢華是兩個不同的世界。

原本想在此地享受古堡下午茶，但下午茶必須等到下午三點鐘，我們一點半抵達古堡，時間上不容許等待，我們臨時決定改吃午餐，當時被古堡的西班牙套餐每人一千六百元澳幣嚇

聖地牙哥古堡酒店的庭院面向海景。

了一跳（加服務費折合臺幣約每人七千四百元），幸好麗玉和廷兒仔細研究菜單，我們決定點兩份西班牙海鮮飯、兩瓶礦泉水，外加服務費，四人共享，約臺幣四千餘元，頗合我的預算，我們才開始悠閒地欣賞古堡、古樹、陽光和海洋。

海鮮飯必須現煮，我們在等待期間，盡情地享受眼前美景和生命中共同擁有的幸福時光，衷心地希望時光在這一刻過慢一點，最好地球為我們停止運轉，陽光為我們佇足，碧樹為我們長青，鳥兒永遠歌唱……但是，時光不會為我們停留，不久服務生為我們陳設好頂級的歐洲餐具，熱騰騰香噴噴的海鮮飯，連鍋子端上桌，好大的兩個鐵鍋，飯多料多，真的是人間美味，服務也是頂級的，我們的心中暗喜：時間來得正好，幸虧沒喝下午茶，因為這頓海鮮飯是由西班牙廚師親自做的，比我們去西班牙旅遊時吃的更美味可口呢！

二〇〇九年元月二十二號，古堡中只有我們四個人午餐，似乎古堡在等待我們將近四百年之久，這頓美味西班牙海鮮飯也更覺彌足珍貴了！庭院裡只有兩位女士在享受下午茶，她們的優雅悠閒和我們的幸福感覺幾乎無分軒輊，我們都變成了詩情畫意裡的人物主角了。

我們預計晚上六點折返旅館，取回行李趕赴機場，而此時已午後三點多鐘，必須按原計畫要去尋找聞名已久的「安德魯餅店」所烘焙的蛋塔。我們來到安德魯餅店時，客人正多，等待兩小時再去吧！這兒的海景也是旅遊書上特別介紹的，海灣有著堅固的堤岸，沿海的散步道又彎又長，樹木和休閒椅特多，這兒是澳門南方的路環島，沿海的浪漫散步道有個很特別的路名，叫做「十月初五馬路」（為紀念葡萄牙由帝制改成共和而命名的），這兒幽靜極了，行人稀少，我們四人彷彿又擁有了這條濱海步道，一路悠閒地走，曬著冬日溫暖的陽光，海風溫柔地吹拂，浪花細細彷彿睡著了。一路上又看到一座位於計單奴街的「聖芳濟各教堂」，教堂左右有兩排拱形門的長廊，極具特色。我們休憩時，一面喝著椰子汁，一面品嘗豬扒包，這家豬扒包令人一吃難忘！路

澳門的十月初五馬路是濱海的散步大道。

邊的路環紀念碑已有九十九年歷史了。還有一座古典而迷你的葡式圖書館，看來歷史也頗為悠久。十月初五馬路的盡頭有一座「譚仙聖廟」，廟後有山，此時忽見一群警察正在演習，這兩小時的幽靜時光才突然間被打破。當我們重回安德魯餅店時，遊客已少，滿店的蛋塔香味四溢，我們各買兩盒踏上歸程。

澳門三日遊，我們在大街小巷逡巡過；在教堂、廟宇參拜過；在古堡與海濱漫步過；與中國文化和西方文化擁抱過。澳門，妳是奇異的中國海之角，天之涯；澳門，妳是人們忽略掉的地平線；澳門，妳的名字不應該只讓人聯想到賭場吧？

澳門三日遊，像做了一場浪漫之夢，這夢境如此之豐富與美好。歸來，數數二十五個世界遺產，我們才走訪二分之一不到，相信不久之後，我會再度去尋幽訪勝，完成浪漫旅程的下一章。

聖芳濟各教堂的美麗廣場面向大海。

# 海南島印象之旅

二〇〇二年元月十三日我們北商學院的旅行團在藍秀隆老師的率團下，一行二十五人於下午一點半飛抵中國最南方的大島嶼——海南島。初抵該島北方的海口市，第一印象就是氣候的差異，由臺灣的暖冬來到一個初夏的世界，原來這裡是沒有冬天的。滿街的路樹都是椰子樹或各式棕櫚樹，水果攤上充滿熱帶水果：椰子、菠羅蜜、人參果、芭蕉、冰糖橘子（一種小而甜度高的橘子）、小西瓜……。

島上住著四種民族：漢族、黎族、苗族、回族。一九八八年四月已脫離廣東而建省，人口七八七萬，省會即是海口。由於面積有三萬四千平方公里，偌大的島嶼顯得人口稀少，空曠無比。整個地區與二、三十年前的臺灣甚為神似。第一個景點是觀光海口市郊一座小山，名叫「東山嶺」，可乘纜車上山一遊，俯瞰海口市全景。風景雖比不上中國大陸的名山大川，但這裡卻盛產海南著名的美食——東山羊。海南島有四大名菜，均極美味，它們的菜名叫做：東山羊、文昌雞、嘉積鴨、和樂蟹。到海南島如不品嘗這四大名菜，可以說是白來一趟。因此，一路上我們都在注意這

爬樹的人：他是以表演爬樹維生。

四大名菜將在哪一天嘗到？

次日上午參觀興隆「熱帶植物園」，這兒的熱帶植物區各種植物分類標目極為清楚；林木茂盛，經濟作物生長得欣欣向榮；園區設計美觀，又有特產商品店、樹林下咖啡座，比起雲南西雙版納的熱帶植物園遠遠勝過之。在這兒我們第一次看見可可樹上掛著紅綠兩色的橄欖形大果實，果子不是長在枝頭，而是長在樹幹上，由下而上似乎愛長哪兒便長哪兒，真是奇觀；咖啡樹的咖啡豆小小的顆粒隱藏在樹葉間；青翠的胡椒樹像葡萄樹一般，爬藤似地爬滿了一人高的木樁上。另外看見一些稀有植物，如「見血封喉樹」，它的汁液含有劇毒，古人塗於劍上，是可怕的殺人毒液；又有可愛的珍奇植物名叫「小葉地不容」，還有香草葉樹、菠羅蜜樹、酒瓶椰和糖椰子等等。最難忘的是在熱帶植物園的大樹下品嘗正宗而新鮮的海南島咖啡，真是芳醇美味，令人齒頰留香。往後幾天，常於商店超市中看見大賣各種咖啡和椰子產品，方知這兩種植物已成為海南島的經濟命脈了。

海南島的沙灘極美，海岸線長，弧度優雅，海水碧藍，白沙細軟，加以環保做得徹底，是一片片零汙染的度假勝地。我們一共參觀了三座海灘：「亞龍灣」、「大東海」和「天涯海角」。這三處海灘均在海南島東南邊的興隆市和南邊的三亞市之間。亞龍灣有一座很具特色的「貝殼博物館」，讓我們驚羨於海中貝殼種類之繁多與美麗。大東海的沙灘遼闊無垠，我們很從容地漫步於海岸線上，留下了一長串的足跡，好友們

海南島美麗的海濱。

聊天的聊天，拍照的拍照，涼涼的海風吹散了我們的笑語，遊客不多，天空與海岸似乎只屬於我們。天涯海角海灘位於海南島三亞市郊外，是最具悠久歷史的海灘。海岸邊有纍纍的天然巨石，其中一塊題著斗大的紅字——「天涯」，另一塊題名「海角」，二石相距不遠，書法出自清雍正十一年的程哲先生。又有近人郭沫若刻詩三首於奇石之上，詩中有佳句曰：「海角尚非尖，天涯更有天。」不僅詩好，書法更富遒勁之美。

海南島的「海角」石刻。

海南島的「天涯」石刻。

天涯海角是熱門景點，遊人如織，為了在「天涯」和「海角」二石下拍照留念的旅客們竟會大排長龍，頂著大太陽苦苦等候呢！此處海灘邊設計更幽美，有防曬的林蔭小徑，供怕熱的遊客行走；有造型美觀的商店販賣紀念品和椰子汁，因病走不動的朱靜如老師還乘坐電動小火車遊覽呢！我鼓勵她說：「真不錯呢！至少妳已走到天涯海角了！」我們尚合影留念。後面的行程她雖放棄，改飛上海找兒子媳婦就醫去了，但至少她勇敢地和我們走到天之涯與海之角了！

外子五十餘年前來過海南島，那時三亞市荒無人煙，連青菜都吃不到。沙漠地上爬行的蜥蜴彩色斑斕，在約莫一層樓高的仙人掌樹叢下棲息，牠們個個長得既肥且胖，從頭到尾身長約一公尺以上，真可謂巨型蜥蜴，今日卻沒見到一隻半影了。通海的小河中時常可見到白色形如蒲扇的海蜇游泳漂浮，如今也無影無蹤，除了海濱的「天涯」、「海角」巨石群依然亙古存留外，其餘一切都改變了，真所謂滄海桑田，世事難料啊！除了外子深深慨嘆外，另外有一位老師的祖籍在海南島，我們戲稱她為「海南島公主」，她就是教數學的吳慶齡老師。

三亞市有一座緊鄰市區和海灣的鹿回頭山，山上設有一座「鹿回頭公園」，汽車開到半山腰，讓我們做了一次輕鬆的黃昏時的公園散步。時間大約在六點至七點之間，天色由黃昏迷濛的暮色逐漸轉為漆黑的夜景。此時山間大道忽然亮起了千萬個大小燈飾，在山壁上、在樹梢、在涼亭、在危欄、在索道滑車上，無處不是明亮璀璨的燈光。崖壁石上刻著一些大字，例如：「愛」、「天海遊踪」以及大型石刻對聯：「天涯無盡情聚首，山海傳奇鹿回頭。」原來這座山從古代流傳下來一則美麗動人的傳奇故事，一個年輕人為救母病追獵一頭梅花鹿，翻山越嶺，不辭辛勞地追到此一山崖海湄，正欲一箭射死鹿時，鹿一回頭卻變成了一位美麗的仙女，青年娶到仙女，母親的病也不藥而癒。雖然是個神話故事，但後人有感於人間的孝行與愛情的偉大，仍然為此一故事修築公園，並且在山頂上塑造了一座巨大無匹的雕像，鹿回頭的美姿無論在山下多遠都看得見，其旁有一男一女栩栩如生。在黑夜中以強力的燈光由下向上照射，使這一座塑像成為三亞市美麗的標誌。從此處向下俯瞰：三亞市區的燈海一片燦爛，海灣和海洋靜靜地躺臥在美麗動人的傳奇故事裡，此時此刻無邊的浪漫感覺美妙地襲上心頭！

元月十六日，我們重回海口市，從海口市出發，趕了兩個半小時路方抵達儋州市的郊區，參觀著名的「東坡書院」，這是我海南島之旅最重要的目標。這位文學家能文、能詩、能詞、能書、能畫，兼習儒、釋、道三家思想精華，是中國文壇上一位最達觀、最融通、最風流瀟灑的天才型人物，卻一再遭遇政治迫害，「一肚子的不合時宜」，晚年愈貶官愈遠，從紹聖元年（一〇九四年）四月，由定州、貶英州、惠州、梧州、藤州、廉州、儋州，到一一〇一年北歸，這七年間他在廣東、廣西、海南島之間流放，其中有三年（一〇九七—一一〇〇年）被貶謫到海南島，居住在今儋州市中和鎮東郊。如今我們見到的「東坡書院」原名「載酒堂」，始建於北宋元符元年（一〇九八年），蘇東坡醵錢（朋友們湊集資金）構建並取《漢書・揚雄傳》：「載酒問字」的典故命名。此後歷代都有維修和擴建，載酒堂遂成為海南島著名勝景。古往今來，不少文人雅士均來此拜謁，留下無數詩文、聯語。明代提學張習到儋州，寫過一首七言絕句，其中兩句云：「我來踏遍珠崖路，要覽東坡載酒堂。」尤能道盡文人的仰慕情懷。

由海口市駛往儋州市的兩個半小時車程中，我們更能體會東坡當年翻山越嶺，渡大海，入荒陬之苦境。當時舟車落後，山路崎嶇，含冤莫白的詩人要忍受多麼大的痛苦才能生存下來？而當日伴他的只有小兒子蘇過一人而已！

今日東坡書院內除載酒堂

東坡書院中的東坡笠屐銅像。

外，又有「欽師堂」、「迎賓堂」、「望京閣」、「大殿」、「陳列館」、「載酒亭」、「六角亭」、「書畫廊」、「西園」。西園裡有「東坡笠屐銅像」，栩栩如生，我與外子於銅像前拍了幾張照片。又購東坡書法拓本一幅、《蘇東坡在海南島》書一本，以為紀念。西園中有著名的「狗仔花」、「東坡井」、「春牛銅像」等均仔細觀覽以不虛此行。

值得一提的是：在前往東坡書院的旅途中，李瑞慶學務長請我們國文老師為全團同仁們簡介蘇東坡，於是邱鎮京老師、藍秀隆老師、朱靜如老師和我，四人分別從不同的角度去介紹蘇東坡，由於是突發奇想，我們也覺得像被老師臨時抽考，不過四人各自發揮，倒也配合得恰到好處。在海南島儋耳近郊的車程中頌揚東坡的生平、人格、思想、作品，也算是此行值得回憶的吉光片羽吧！

海南島留給我的印象是地廣人稀，可開墾的荒地太多，公路飛航交通均極便利。天空很藍，大海更藍。海濱美麗無比，而度假別墅卻少有人踪，這是一塊寧靜的大地，充滿了陽光和溫暖的南方邊陲，人們可別忘記了她，如果再努力建設、美化、做好環保，說不定有一天它會和地中海旁的「蔚藍海岸」相媲美呢！

從海南島攜回來的零星紀念品和土產中，值得一提的是兩種茶：一為「蘭貴人」，一為「野生苦丁茶」。前者芳香甘美，喝過回味無窮，是最特異的香茶。後者苦中帶甜，具有醫療效果。我長年降不下來的膽固醇與三酸甘油脂，在飲用野生苦丁茶三個多月後，居然雙雙下降，均回復到標準數字，不可不謂是遊海南島的意外重大收穫，特此向諸君鄭重推薦，也算是美事一樁！

# 銀色遊踪

作　者—張修蓉
執行編輯—李玉霜
美術設計—許紋慈
校　對—褚昱辰、張修蓉
出版者—張　婕
總經銷—時報文化出版企業股份有限公司
10803台北市和平西路三段二四〇號四樓
發行專線—（〇二）二三〇六—六八四二
讀者服務專線—〇八〇〇—二三一—七〇五
讀者服務傳真—（〇二）二三〇四—六八五八
郵撥—一九三四四七二四時報文化出版公司
信箱—台北郵政七九～九九信箱
時報悅讀網—http://www.readingtimes.com.tw
電子郵件信箱—big@readingtimes.com.tw
法律顧問—理律法律事務所　陳長文律師、李念祖律師
印　刷—詠豐印刷股份有限公司
初　版—二〇一四年十一月
定　價—三六〇元


國家圖書館出版品預行編目 (CIP) 資料

銀色遊踪／張修蓉著 . -- 初版 . - 臺北市：
張婕出版：時報文化總經銷，2014.11
面；　公分 .
ISBN 978-957-43-1731-8( 平裝 )

855　　103016736